SON MAÎTRE CUISTOT

RENEE ROSE

Traduction par
AGATHE M

Publié aux États-Unis d'Amérique

Renee Rose Romance

Ce livre électronique est une œuvre de fiction. Bien que certaines références puissent être faites à des événements historiques réels ou à des lieux existants, les noms, personnages, lieux et événements sont le fruit de l'imagination de l'autrice ou sont utilisés de manière fictive, et toute ressemblance avec des personnes réelles, vivantes ou décédées, des établissements commerciaux, des événements ou des lieux est purement fortuite.

Ce livre contient des descriptions de nombreuses pratiques sexuelles et BDSM, mais il s'agit d'une œuvre de fiction et elle ne devrait en aucun cas être utilisée comme un guide. L'autrice et l'éditeur ne sauraient être tenus pour responsables en cas de perte, dommage, blessure ou décès résultant de l'utilisation des informations contenues dans ce livre. En d'autres termes, ne faites pas ça chez vous, les amis !

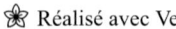 Réalisé avec Vellum

LIVRE GRATUIT DE RENEE ROSE

Abonnez-vous à la newsletter de Renee

Abonnez-vous à la newsletter de Renee pour recevoir livre gratuit, des scènes bonus gratuites et pour être averti·e de ses nouvelles parutions !

https://BookHip.com/QQAPBW

CHAPITRE 1

David abattit le poing sur le plan de travail en inox avec tant de force que tout ce qui se trouvait entreposé dessus fut projeté en l'air.

— Quelle garce !

— Je sais, dit Jerry, son sous-chef, d'un air compatissant.

Jerry venait de lui apporter le dernier numéro du *Chicago Foodie*, et le magazine comportait une critique acerbe de son restaurant, et plus particulièrement, de lui et de ses compétences de chef cuisinier et de patron.

Il lit à voix haute :

— « David Dean Marone, chef cuisinier mégalo, vient d'ouvrir un deuxième restaurant sur les rives du lac. Comme si faire des apparitions à la télé et donner son propre nom à son premier restaurant (*Chez Marone*) ne suffisait pas, celui-ci prend également son nom (*Chez David Dean*). »

Il sauta un passage et poursuivit :

— « Dans l'ensemble, *Chez David Dean* ressemble à son propriétaire, arrogant et prétentieux. Sur la carte, aucun vin ne coûte moins de quarante dollars, et même si notre rouge était correct, il était servi trop chaud, chose qui ne devrait pas arriver dans un restaurant qui prétend s'échiner à ne proposer que des produits de la plus haute qualité. Bien sûr, les plats sont ce que l'on pourrait attendre d'un chef aux multiples récompenses comme Marone, mais je les ai parfois trouvés écœurants. »

Il passa à la conclusion :

— « Le service est hautain. Si vous voulez que l'on vous juge parce que vous ne possédez pas de chaussures ou de sac de créateur, c'est l'endroit rêvé. » Trois étoiles pour la nourriture. Une et demie pour le service, et une pour l'atmosphère.

Il jeta le magazine sur le plan de travail.

— Cette nana a vraiment besoin de s'envoyer en l'air.

— Honnêtement, un article de ce genre, c'est bon pour nous, expliqua Jerry. Le téléphone n'arrête pas de sonner, et je n'ai pas une seule table de libre avant cinq semaines.

David se frotta le visage et se tourna vers son bras droit.

— Est-ce que c'est vrai, ce qu'elle dit ?

Jerry ravala son sourire.

— Écoute, boss. Ton assurance, c'est ce qui fait de toi un restaurateur à succès. Ici, personne ne se plaint de toi, et aucun des clients ne se plaint de l'ambiance. C'est justement pour le côté exclusif qu'ils veulent voir et être vus ici.

Il inspira par le nez et souffla, tentant d'évacuer la tension dans ses épaules. Ses congés qui se profilaient tombaient à point. Il jeta un nouveau coup d'œil à l'article. Portia Sands, critique culinaire.

— J'étais à l'école avec elle, dit David en montrant la signature à Jerry.

— Ah bon ? Tu crois que c'est pour ça qu'elle s'en prend à toi ?

Il lâcha un grognement amusé.

— Aucune idée. Je ne lui ai jamais rien fait. Je ne me

souviendrais même pas d'elle, si elle n'avait pas un nom digne d'une pièce de Shakespeare.

— Vous étiez dans la même fac ?

— Non, la même école de cuisine. Elle et moi, on était les deux seuls à avoir été à l'université avant. La plupart des autres élèves étaient plus jeunes que nous ; dix-neuf ou vingt ans. Elle prenait le programme de haut. Je crois qu'elle estimait que les cours n'étaient pas à la hauteur de son éducation. C'était une formation professionnalisante, contrairement aux licences.

— Alors elle écrit des articles cinglants sur ses anciens camarades de classe ? Ça craint.

David se détendit, plus calme après avoir laissé éclater sa colère.

— Si ça se trouve, elle craquait sur toi, et tu n'as rien remarqué.

David partit d'un grand rire rauque.

— Je pense plutôt que c'est le contraire. Une fois, je l'ai invitée à boire un café, et elle s'est pointée avec toute sa bande. Rien de tel que d'arriver avec ses copines à un rencard pour montrer qu'on n'est pas intéressée.

Jerry s'esclaffa.

— Elle ne voulait pas se retrouver en tête à tête avec toi, hein ? Dur. C'est vraiment une sale snob, hein ?

Il rit, sa mauvaise humeur balayée par ces vieux ragots.

— Plutôt coincée, je dirais. Sous la surface, je parie qu'elle meurt d'envie de s'envoyer en l'air, mais elle n'arrive pas à se lâcher.

Cela lui disait quelque chose, comme s'il avait eu une discussion semblable avec elle, des années plus tôt. Mais comme il n'arrivait pas à même le doigt dessus, il passa à autre chose. Elle ne méritait pas qu'il cogite à ce point.

Penser au sexe lui rappela ce qu'il comptait faire pendant

ses congés du Premier de l'an. Une fois par an, il se rendait au Château, un club BDSM au beau milieu de nulle part, dans l'Ohio. Cet authentique château écossais, bâti pierre par pierre, lui permettait de laisser libre cours à tous ses fantasmes et de jouer les dominateurs avec des soumises enthousiastes.

Il pourrait sans doute vivre ce genre d'expériences dans son club BDSM de Chicago, mais il se tuait tellement au travail qu'il n'avait pas le temps d'aller s'amuser en ville. Pour lui, ces vacances étaient indispensables, et assouvir ses fantasmes lui permettrait de recharger ses batteries. Cette fois, son ami Paul et lui s'y rendaient à l'occasion d'une vente aux enchères dont les bénéfices seraient reversés à une association. S'il enchérissait avec succès, il aurait une esclave soumise pendant le reste de ses congés. Et s'il ne gagnait pas, beaucoup de femmes présentes seraient à la recherche d'un dominateur. Il avait beau ne pas jouer souvent, il fréquentait ce milieu depuis près de vingt ans, et dominer au lit était inscrit dans ses gênes depuis la puberté. Il s'enorgueillissait de comprendre ses soumises tellement bien qu'aucune d'entre elles n'avait jamais eu besoin de prononcer son mot de sécurité, et il recevait de nombreuses invitations à s'amuser.

— Salut, chef, lui lança Carrie, sa gérante, qui arrivait comme toujours en avance.

La plupart du personnel se voyait même en dehors du boulot, et *Chez David Dean* et *Chez Marone*, son premier restaurant, leur servaient de lieux de sociabilité autant que de lieux de travail. Le milieu de la gastronomie rendait accro : l'adrénaline du coup de feu, la satisfaction d'avoir les poches pleines de billets à la fin du service. Ils formaient un groupe soudé, comme une famille, avec ses disputes et ses déclarations d'amour, et ses histoires, des histoires à n'en plus finir. Ils dépendaient les uns des autres, et pouvaient compter les uns sur les autres. David adorait chaque membre de cette famille un peu dingue.

— Cet article, c'est un ramassis de conneries, dit Carrie en poussant le magazine, les yeux pleins de colère. Elle se prend pour qui, cette connasse ? Si elle revient, je lui sers du vin tiède avec des crottes de lapin dedans.

Il éclata de rire.

— Merci, Carrie. C'est gentil. Ne t'inquiète pas, Jerry dit que les demandes de réservation ont explosé. Cette critique aura achevé de faire de *Chez David Dean* le restaurant où il faut être vu à Chicago.

Carrie se détendit, sur la même longueur d'onde que lui, comme d'habitude.

— Tu n'es pas en colère ?

Il sourit.

— Je l'étais, mais ça n'a duré qu'une minute. Je suis déjà passé à autre chose. D'ailleurs, je crois que je vais lui envoyer un mot pour la remercier.

— Du moment que tu ne l'invites pas à revenir. Je suis sérieuse, pour les crottes. Tu sais que j'ai un lapin domestique, hein ?

Il rit à nouveau.

— Je vais devoir te demander de laisser ses crottes chez toi, Carrie, même si elle mériterait de les boire.

Carrie sourit.

— Ça marche, chef. Mais si tu en as besoin un jour, tu n'as qu'à demander.

— J'y penserai. Bon, vous savez tous les deux que je m'absente pour le Premier de l'an.

— Oui, répondit Carrie.

— C'est Jerry qui commandera, mais j'attends de toi que tu gères la logistique, parce qu'il sera sans doute occupé en cuisine.

— D'accord, pas de problème. Je gère.
— Je sais.
— Tu pars où ? Dans un endroit sympa ?
— Dans l'Ohio, figure-toi. Et oui, ça risque d'être très sympa.

Il n'en dit pas plus, et Carrie était trop bien élevée pour insister.

— C'est le moment idéal pour prendre des vacances, après cet article, dit-elle.
— Je suis impatient.

Il avait déjà oublié Portia alors qu'il songeait à toutes les femmes sexy qui lui serviraient de compagnes de jeu.

Portia but une autre gorgée de son latte au gingembre. Elle se trouvait devant le café avec son amie Tina et regardait les gens descendre du bus qui venait d'arriver du Château. Cette scène lui donnait envie de jeter son café et de regagner sa voiture de location en courant. Que fabriquait-elle ici ?

Elle fréquentait le milieu du BDSM depuis un peu plus de deux ans ; depuis son divorce avec Fred, lorsqu'elle avait enfin réalisé que si elle n'avait jamais envie de coucher avec lui, c'était parce qu'elle n'aimait pas faire l'amour lentement et tendrement. Elle regrettait de ne pas avoir réalisé cela plus tôt, car cela aurait sans doute pu sauver leur couple. Après quinze ans de frigidité de sa part, son mari avait fini par jeter l'éponge. Son incapacité à tomber enceinte l'avait sans doute conforté dans sa décision. Il n'y avait pas d'enfants pour les souder. Les médecins n'avaient jamais trouvé la moindre cause d'infertilité chez elle ou chez lui, mais elle avait toujours eu l'impression que Fred la jugeait responsable.

Mais elle ne lui en voulait pas de l'avoir quittée. Elle non plus n'aurait pas voulu rester mariée à quelqu'un comme elle. Toutes ces années passées à tout tenter, à se ruiner en fécondation in vitro, avant de se morfondre face aux échecs, l'avaient rendue amère. Le divorce avait été le déclic.

Elle s'était mise au yoga. Et au BDSM. Elle s'était plus découverte en deux ans qu'au cours des trente-sept premières années de sa vie. Quel gâchis.

Elle sortit la lettre froissée qui l'acceptait comme esclave à la vente aux enchères du Premier de l'an. Elle l'avait lue et relue une dizaine de fois. Son questionnaire, avec ses goûts et ses limites, serait transmis au dominateur qui l'achèterait. Son mot de sécurité serait toujours respecté. Alors pourquoi avait-elle l'impression que son café bondissait aux quatre coins de son estomac comme une boule de flipper ? Parce que savoir qu'elle était soumise et qu'elle aimait la brusquerie, c'était une chose. Se porter volontaire pour se vendre au profit d'une association, c'en était une autre. Pour deux jours et trois nuits, en plus !

Le désastre était assuré.

— Regarde comme les gens qui descendent du bus ont l'air heureux, commenta Tina avec son optimisme légendaire.

Ce n'était pas l'impression de Portia. Certaines personnes semblaient détendues, d'autres épuisées. Certaines avaient même l'air au bord des larmes, mais cela ne signifiait probablement pas qu'elles avaient passé un mauvais moment. Elle aussi avait déjà eu envie de pleurer à la fin d'une soirée BDSM.

Tina l'avait convaincue de se porter volontaire pour la vente aux enchères avec elle, car cela leur permettait de profiter du Château gratuitement, alors que d'ordinaire, un séjour de trois nuits dans ce genre coûterait au moins quatre mille dollars. Elle rêvait de venir ici depuis qu'elle avait entendu parler du Château. L'idée de devenir quelqu'un d'autre, de laisser sa vie monotone de journaliste derrière elle pour assouvir ses fantasmes lui faisait terriblement envie.

Mais passer du rêve à la réalité l'angoissait tellement qu'elle se mordillait l'intérieur de la joue. Elle n'avait jamais participé à un scénario pendant plus de quelques heures. Comment pourrait-elle être l'esclave d'un homme pendant soixante-douze heures ? Et s'il ne lui plaisait pas ? Et s'il était trop brutal ? Bon, elle savait qu'elle pouvait compter sur son mot de sécurité, mais quand même... elle ne voulait pas échouer. L'échec, c'était quelque chose qu'elle évitait coûte que coûte.

Une voiture s'arrêta devant elles et deux hommes séduisants en sortirent, avec l'air assuré qu'avaient toujours les dominateurs. Le cœur de Portia s'emballa à l'idée de tous les mâles alpha auxquels elle allait se frotter très bientôt... au sens propre.

— Miam. Ils ont l'air délicieux, dit discrètement Tina sans les quitter des yeux.

— Ne m'en parle pas. Oh, *merde* !

Elle lâcha son gobelet de café, qui perdit son couvercle et se déversa sur ses bottines.

— Oh, non. Oh, mon Dieu. C'est pas bon du tout.

Elle tourna le dos aux deux hommes et releva le col de son manteau.

— Quoi ? Qu'est-ce qu'il y a ?

— C'est David Dean Marone. Le propriétaire de *Chez David Dean*, le resto de luxe que je viens de démolir dans le numéro de la semaine dernière.

— Oh oh. Il sait à quoi tu ressembles ?

— Je ne sais pas. C'est possible. On était à l'école de

cuisine ensemble, mais ça remonte à près de vingt ans. Et il est connu pour son nombrilisme, alors il ne se souvient sans doute pas de moi.

— Tant mieux. Joue-la détendue. Et renverser ton café sur tes chaussures, ce n'est *pas* détendu.

— Désolée, marmonnai-je en me penchant pour ramasser mon gobelet. Je vais chercher des serviettes en papier.

— Non. Calme-toi. Tout va bien se passer.

Facile à dire, pour elle.

— Allez, viens, on monte dans le bus, dit Portia les dents serrées.

— D'accord.

Tina saisit la poignée de sa valise à roulettes, et elles s'avancèrent toutes les deux. Portia retint son souffle et fit comme si elle se sentait parfaitement à sa place.

Ce Nouvel An allait être catastrophique. Pire que tout.

Le chauffeur de bus vérifia leurs noms sur sa liste et prit leurs bagages. Elles trouvèrent des places à l'arrière. C'était comme au collège : les élèves les plus cool se cherchaient un coin rien qu'à eux.

Portia se voûta dans son siège et fit mine de lire ses mails sur son téléphone tout en jetant des regards à chaque personne qui montait à bord. Il y avait beaucoup de soumises enthousiastes, venues seules comme elles. Quelques couples. Et trois dominateurs. David Marone et son ami, ainsi qu'un autre homme.

David la regarda en face lorsqu'il monta, mais ses yeux se posèrent ensuite sur Tina, puis les autres femmes, comme s'il les jaugeait simplement tour à tour.

Elle souffla. Il ne l'avait pas reconnue. Dans le cas contraire, il serait sans doute aussitôt venu lui faire un scandale, car son article n'était pas simplement négatif ; il était incendiaire. Et elle avait été mesquine en s'en prenant à

David Dean en tant que personne, pas seulement en tant que cuisinier.

Écrire cet article lui avait fait du bien, sur le coup, mais sa satisfaction s'envolait face à l'homme derrière sa critique. Elle serra les dents. Elle n'avait rien à se reprocher. Elle n'avait rien dit d'inexact. David Marone méritait d'être remis à sa place. Ce n'était pas le chef cuisinier du siècle, et ce n'était pas un don Juan.

Même si en le voyant, Portia ne put s'empêcher de se tortiller sur son siège. Il ferait sans doute un excellent dominateur. Il avait déjà l'assurance d'un homme politique quand il avait vingt-deux ans.

Elle braqua le regard sur l'arrière de son crâne, quatre rangées devant elle. Avec ses cheveux bruns épais et ondulés, ses yeux marron aux cils recourbés et sa fossette sur une joue, si ses souvenirs étaient bons, sa beauté était à la hauteur de son assurance.

Elle pressa ses doigts les uns contre les autres pour arrêter de trembler. Elle était simplement stressée à l'idée de devoir défendre son article. Ça n'avait rien à voir avec la drôle de sensation dans le bas de son ventre lorsqu'elle songeait à ses charmes offensifs.

Il n'en croyait pas ses yeux. Portia Sands au Château. Et elle l'avait reconnu, elle aussi. Il l'avait vue lâcher son café lorsqu'il était descendu de voiture. Et elle était venue seule. Ou sans homme, en tout cas. Son amie et elle ressemblaient à des soumises, malgré leurs fausses mines hautaines. Et elles avaient reluqué David et Paul comme des femmes à la recherche d'un partenaire.

Il s'enfonça dans un siège du bus tout en tentant de faire coïncider la princesse coincée qu'il avait connue à l'école de cuisine avec la soumise qu'il venait de voir. C'était peut-être ça qui l'avait intéressé chez elle, à l'époque. Il avait dû repérer ses tendances sans s'en rendre compte. Mais elle l'avait clairement repoussé.

Il avait glissé un exemplaire du magazine dans la pochette extérieure de sa valise, pas par envie de relire son article, mais pour se prouver que cela ne lui faisait ni chaud ni froid, et que s'il quittait Chicago pour le Premier de l'an, ce n'était pas pour faire l'autruche. À présent, il se réjouissait de cette idée de génie, car avant la fin du séjour, il avait bien l'intention d'allonger cette sale gamine sur ses genoux et de la fesser avec le magazine. Cette perspective le mit de bonne humeur, et il sourit d'impatience.

Le bus se gara devant le Château, et il sortit, s'étirant les jambes avant d'aller récupérer sa valise dans la soute. Il n'était encore jamais venu ici en hiver, et les lieux paraissaient encore plus impressionnants. La grande structure de pierres ressemblait à un mirage au milieu du paysage. Le simple fait de le voir gorgea David d'enthousiasme à l'idée du séjour qui s'annonçait. Il était impatient d'enfiler son bracelet blanc de dominateur et de commencer à jouer.

— Bienvenue au Château, dit la soumise postée à la réception avec un sourire dévoué.

Il lui adressa un clin d'œil et lui tendit ses documents.

Cette femme n'était pas vraiment son genre, avec ses grands yeux et ses fossettes, et l'innocence naïve d'une soumise qui a besoin d'un papa. Non, son genre, c'était plutôt... Il coula un regard à gauche, en direction de Portia, qui se tenait droite comme un piquet, ses cheveux noirs coiffés en chignon. Avec son expression hautaine, seuls les tendons crispés de son cou trahissaient sa nervosité. Oui, il préférait les défis. Il aimait bien les femmes complexes, celles qu'il devait mener au bord du précipice, mais sans les y faire tomber. Les femmes avec une bonne dose d'orgueil, pour qui l'humiliation était un jeu, mais avec qui il ne fallait surtout pas dépasser les limites. Bon, d'accord, il devait bien avouer qu'il avait envie de Portia Sands. Il voulait la voir à genoux, en train de le supplier de lui pardonner son putain d'article, pas par peur de lui, mais par désir de lui faire plaisir, à lui, son seul maître.

Il se secoua intérieurement. *Reprends-toi, David. Ça n'arrivera pas.* Et plus tôt il oublierait sa critique acerbe, plus tôt il pourrait s'amuser avec les nombreuses soumises qui se feraient une joie de s'agenouiller à ses pieds.

Mme Hardwick, une gouvernante à l'air sévère, les appela pour leur réunion d'accueil, et il pressa le pas en voyant les autres entrer dans une pièce.

— Tu as trouvé quelqu'un qui t'intéresse ? lui demanda Paul en apparaissant à ses côtés.

Il dut se faire violence pour ne pas tourner la tête vers Portia.

— Pas encore, répondit-il, prenant sa décision.

Il se dirigea à grands pas vers le siège situé juste derrière la critique culinaire à la silhouette élancée, content de la voir tourner la tête droit devant elle pour ne pas le regarder. Mais il savait qu'elle l'avait remarqué. Le rougissement de sa nuque en disait long.

Il avait envie de la torturer jusqu'à ce qu'elle hurle.

Mme Hardwick fit son discours habituel sur la sécurité et le règlement du Château, que David entendit à peine. Il passa tout son temps à se familiariser avec chaque détail du dos de Portia. Elle avait croisé les jambes, et son long manteau couleur fauve était ouvert pour révéler un jean noir moulant et des bottines hautes. Son pied s'agitait dans une danse frénétique. Elle avait les mains serrées sur ses genoux, ses ongles à la manucure discrète sains et naturels sous une couche de vernis transparent. Elle portait le bracelet jaune des domestiques coquines, et son amie et elles avaient également un ruban de velours autour du cou. Il ne se rappelait pas avoir vu ces rubans lors de ses précédentes visites. Que signifiaient-ils ? Il se promit de le découvrir au plus vite.

Il posa les yeux sur son oreille gauche et lui ordonna mentalement de se tourner vers lui. Les gens savent quand on les observe, surtout avec une telle intensité. Elle le percevrait. Et comme prévu, sa tête dodelina légèrement et elle commença à tourner le menton pour jeter un regard par-dessus son épaule.

Avec un sourire en coin, il planta ses yeux dans les siens d'un air amusé.

Elle prit une respiration saccadée, les yeux écarquillés, avant de regarder brusquement droit devant elle, encore plus raide qu'un général avec un balai dans le cul.

Il faillit éclater de rire. Paul lui jeta un regard amusé, et il sourit. Si la vie était accompagnée de musique, sa playlist aurait passé *Bad to the Bone*, car il avait l'impression d'être le grand méchant loup.

Mme Hardwick les sépara en deux groupes, les dominateurs et les soumises, et le sien alla assister à une présentation spécifique. David n'avait pas besoin de vérifier pour savoir que Portia le suivait des yeux tandis qu'il s'éloignait.

Après la présentation à l'intention des dominateurs, il fit un saut à la réception.

— Que signifient les rubans noirs ? demanda-t-il à la fille adorable qui l'avait accueilli à son arrivée.

— Oh ! Ils sont portés par les esclaves qui participent aux enchères. Vous avez l'intention d'y assister ?

— Euh, non. Mais si je changeais d'avis ? Il faut que je m'inscrive ?

— Non, vous pouvez simplement signer le registre en arrivant. Les enchères se tiendront dans la salle de bal, et il y aura une réception dans la pièce attenante une heure avant pour rencontrer les esclaves et apprendre à les connaître.

Il pianota sur le comptoir d'un air songeur.

— Quels montants atteindront ces esclaves, à peu près ?

— Je ne sais pas. Bien entendu, les bénéfices seront reversés à des associations de lutte contre le cancer.

— Je vois. Mais vous savez quelle est la mise à prix ?

— Deux cents dollars, il me semble, mais je n'en suis pas certaine.

— Merci, dit-il en lui adressant un sourire.

Il emporta sa valise dans sa chambre, en remarquant à peine les gens qui commençaient à batifoler autour de lui. Une idée réjouissante tournait en boucle dans son esprit : *il allait se venger de Portia.*

Portia et Tina suivirent une jolie employée nommée Kaylee jusqu'à la présentation réservée aux esclaves mises aux enchères. Il y avait vingt-sept femmes en tout, mais certaines étaient sans doute arrivées la veille. On lui avait dit qu'elle avait le droit d'arriver jusqu'à trente-six heures en avance de façon à profiter du Château avant les enchères. Tina n'avait pas pu prendre de jours de congés supplémentaires, et Portia n'avait pas voulu arriver sans sa seule amie, alors elle n'aurait que cette journée de libre. Cela ne la dérangeait pas. Elle savait qu'il lui serait plus agréable de découvrir le Château sous la houlette d'un dominateur.

C'était l'avantage, quand on était soumise ; du moment qu'elle suivait les instructions, elle ne pouvait pas faire d'erreur. Elle trouvait cela plus facile que de se débrouiller toute seule et de devoir déterminer ce qu'elle devait dire ou faire.

Maître Marshall, qu'elle reconnaissait pour l'avoir vu sur la brochure, était le chef, par ici, et l'un des propriétaires du Château. Il vint les saluer en personne. Elle fit de son mieux pour ne pas reluquer ce bel homme, très élégant dans son costume gris du 19e siècle, et dont les yeux d'un bleu perçant balayaient la salle.

— Merci à toutes de vous être portées volontaires comme esclaves pour notre vente aux enchères du Nouvel An. Vous ne pourrez pas choisir qui vous servirez, ni comment, mais vos limites seront respectées, et le mot de sécurité du Château, « oignon », sera en vigueur en permanence.

Tina jeta un regard à Portia et lui adressa un grand sourire, son trac palpable. Portia lui rendit son geste, mais avec un peu moins d'enthousiasme. Après le stress de la première réunion d'information, avec David Marone dans son dos, elle était à fleur de peau. Elle avait beau être presque certaine qu'il ne l'avait pas reconnue, moins elle le voyait, mieux elle se portait. Pour être honnête, elle attendait les enchères avec impatience, pour qu'un maître la prenne en charge et pour qu'elle n'ait plus à craindre de devoir interagir avec les autres.

Elle avait choisi le surnom « Kitty » pour son séjour au Château. Pas très original, mais ça faisait nom d'actrice porno. Tina avait choisi « Doll », ce qui lui allait bien, avec ses airs de poupée de porcelaine. Portia n'était pas sûre que Kitty lui corresponde vraiment. C'était un peu trop mièvre pour elle, mais elle avait le même détachement hautain que les chats, et elle était persuadée qu'une tenue de Catwoman lui irait à ravir. Non qu'elle ait coché « déguisements d'animaux » sur sa liste de fantasmes.

Après les réunions d'accueil, Tina et elle se rendirent dans leurs chambres, situées côte à côte, pour déposer leurs bagages avant la visite guidée facultative.

— Oh, la vache ! s'exclama-t-elle avec émerveillement en ouvrant sa porte.

Le lit à baldaquin était équipé d'anneaux, et d'autres dispositifs d'accroches étaient installés au plafond. Ses tétons se dressèrent à l'idée d'y être attachée, et l'élancement entre ses jambes la poussa à serrer les cuisses.

— Pas mal, commenta Tina en entrant derrière elle pour jeter un coup d'œil alentour.

— J'espère que je me retrouverai attachée à l'un de ces trucs ce soir, dit Portia.

Elle s'imagina yeux bandés, les quatre membres attachés tandis que son nouveau maître la pénétrerait avec un vibromasseur. Ou son membre brûlant. Un frisson descendit dans son sexe et le long de ses cuisses, jusqu'à la plante de ses pieds. Elle eut soudain envie que Tina s'en aille, pour pouvoir se caresser. Mais non, elles devaient descendre pour la visite du Château, qui commençait dans un quart d'heure. Tina avait sympathisé avec une soumise qui proposait de guider les nouveaux arrivants.

— Je vais poser mes affaires et me débarbouiller, dit Tina en faisant rouler sa valise derrière elle. Je te retrouve ici dans dix minutes.

— Ça marche, répondit Portia d'un air absent.

Elle imaginait toujours la sensation des liens autour de ses poignets et de ses chevilles. Elle se secoua et ôta son manteau d'hiver avant de jeter sa valise sur le lit. Elle sortit sa trousse de toilette, et se rendit dans la salle de bains pour s'asperger le visage, se brosser les dents et se remettre du rouge à lèvres. Elle adressa un sourire factice au miroir et s'examina d'un œil critique. Elle massa les rides entre ses sourcils. Des marques d'inquiétude. Son visage semblait pincé et tendu. Elle étira davantage les lèvres, comme si ce sourire pouvait masquer quarante ans de vie ultra-stressante. Bon, la lumière serait sans doute tamisée, à la vente aux enchères. En plus, les dominateurs ne tenaient pas seulement compte du physique, lorsqu'ils choisissaient une partenaire.

Elle retrouva Tina dans le couloir, et elles descendirent, retrouvant un groupe d'hommes et de femmes pour leur visite.

— Avant tout, vous devrez vous rendre dans la Garde-Robe, car les tenues de ville ne sont pas autorisées. Sinon vous risquez la fessée ! indiqua leur guide d'un ton enthousiaste.

Un homme brun avec des yeux bleu océan et un bouc jeta à Portia un regard séducteur, voire lubrique.

— C'est ta première fois, à toi aussi ? lui demanda-t-il.

Elle lâcha un rire nerveux.

— Ça se voit tant que ça ?

— Non. Mais tu participes à la visite.

Évidemment.

— Ah, bien sûr. Désolée, j'ai un peu le trac.

Il se rapprocha, et son regard de prédateur se fit plus amical.

— Tu n'as rien à craindre. Ici, tout le monde cherche juste à prendre du bon temps.

Elle aurait dû être flattée de se faire draguer par un beau dominateur. Mais alors, pourquoi son estomac se serrait-il ?

— Je sais, dit-elle.

Elle prit une grande inspiration et regarda autour d'elle, à la recherche d'une issue.

Tina croisa son regard et lui adressa un sourire encourageant.

Le dominateur prit sa main dans la sienne et toucha le bracelet à son poignet.

— Le jaune, c'est... quoi ? Les écolières ?

— Non, les domestiques coquines.

Il la regarda longuement de bas en haut.

— Mmm, j'espère te voir dans ce genre de tenue, dit-il avec un signe du menton en direction d'une fille en talons aiguilles, vêtue d'un costume de soubrette incroyablement échancré.

Elle parvint à lui faire un sourire pincé, puis se tourna vers Tina, qui n'avait pas encore compris ses appels à l'aide. Elle ne comprenait pas pourquoi cet homme lui était antipathique, alors qu'il s'intéressait simplement à elle.

CHAPITRE 2

*D*avid attendit les dix dernières minutes de la rencontre avant les enchères pour faire son entrée. Il s'attendait à ce que son arrivée trouble Portia, et il ne fut pas déçu.

Les esclaves, hommes comme femmes, portaient des numéros sur la poitrine, comme des athlètes, ou des danseurs en pleine audition à Broadway. Sa critique culinaire portait la même tenue que les esclaves dans les romans de Gor, dévoilant ses jambes interminables. Elle portait des bottes à talons qui épousaient la forme de ses cuisses fines et musclées et lui donnaient envie d'y planter les dents. Il le ferait, et bien plus encore. Après avoir donné des coups de ceinture à l'arrière de ses cuisses jusqu'à ce qu'elle hurle.

Quand elle l'aperçut, à l'autre bout de la pièce, elle pâlit et se figea trois bonnes secondes avant de détourner la tête d'un geste brusque.

Il ferma les paupières, ravi. Faire détaler Portia Sands comme une petite souris lui procurait plus de joie que tous les plaisirs du Château. Il se mit à déambuler dans la pièce, s'arrêtant pour parler à quelques soumises, évitant délibérément sa cible.

Maître Grimsley apparut sur le seuil.

— Les esclaves, suivez-moi, s'il vous plaît. Les enchérisseurs, je vous invite à vous rendre dans la salle de bal, car la vente est sur le point de commencer.

David pénétra dans la salle de bal et reçut un paddle commémoratif avec le logo du Château et un programme listant chaque soumise ou soumis par son pseudonyme, ainsi que son numéro et ses limites. La salle était équipée de chaises pliantes sur lesquelles se trouvaient des panneaux de bois sombre à détecteur de mouvement. David trouva une place dans le fond et s'y installa, jambes croisées, impatient que le spectacle commence. Les lumières se tamisèrent, attirant l'attention sur la scène illuminée. Un frisson d'excitation traversa la salle.

Maître Marshall, vêtu de cuir noir, prit le micro.

— Bonsoir, dit-il lorsque le projecteur se posa sur lui. Bienvenue, Mesdames et Messieurs, à notre première vente aux enchères caritative. Comme le savent nombre d'entre vous, cet été un membre du Château a perdu son combat contre le cancer. Pour ceux qui le connaissaient, ce deuil a été terrible. Et pour ceux qui ne le connaissaient pas, Maître Don était l'un des six maîtres fondateurs ayant aidé à transférer un tas de ruines écossais ici, dans l'Ohio.

David écouta Maître Marshall rendre hommage à Maître Don et expliquer le déroulement de la vente.

— Ce que vous acquerrez ce soir, c'est l'utilisation d'un soumis dévoué qui aura juré de se donner à vous, de l'instant où vous payerez jusqu'à 22 h vendredi. Si vous remportez une enchère, votre soumis sera mené dans la salle d'attente pendant que vous procéderez au payement. Vous recevrez ensuite un dossier contenant ses goûts, ses dégoûts, ses désirs et... ses limites. Vous devez vous familiariser avec ces limites, et vous ne les franchirez pas.

Son cœur commença à s'emballer à l'idée de posséder Portia. Que trouverait-il dans son dossier ? Quelles étaient ses limites ? Il avait l'intention de les toucher du doigt, sans qu'elle ait besoin d'avoir recours à son mot de sécurité. Bien entendu, elle pouvait le prononcer à tout moment, ou même aller voir Maître Marshall pour invoquer un conflit d'intérêts. Mais il espérait sincèrement qu'elle ne le ferait pas. C'était l'occasion pour lui de prendre sa revanche. Et il avait bien l'intention d'en profiter.

Son attention fut soudain attirée sur la scène, où Maître Marshall disait :

— Commençons. Notre première soumise, Mesdames et Messieurs. Veuillez accueillir... Jasmine.

Il s'enfonça dans son siège et observa les enchères. Depuis sa place, il voyait les autres esclaves faire la queue, prêts à monter sur scène. Portia jetait des regards dans la foule, le visage crispé. Ses yeux finirent par se poser sur lui. Elle se détourna aussitôt, mais pas avant d'avoir sursauté.

Satisfait, il eut un sourire en coin.

C'est bien, Portia. Tout à l'heure, tu te tortilleras, quand je serai ton maître.

Enfin non. Les tortillements, ça viendrait après les supplications et les cris. Oh, et après les excuses. Et les supplications. Avait-il mentionné les supplications ? Il sentait déjà le pouvoir courir dans ses veines. La satisfaction de dominer, l'excitation face aux glapissements et aux larmes d'une femme.

Il s'assurerait qu'elle y trouve son compte, elle aussi. Il savait comment rendre toutes ses punitions agréables pour sa soumise, après lui avoir fait vivre l'enfer. Mais il s'assurerait que Portia vive un supplice. Mais sans aller trop loin. Il lui procurerait tout juste assez de plaisir pour qu'elle ne veuille pas prononcer son mot de sécurité. Parce qu'il n'avait pas l'intention de perdre ne serait-ce qu'une minute avec elle.

Légèrement alarmé, il vit Jasmine être remportée pour 3800 dollars, une somme beaucoup plus importante que ce qu'il souhaitait dépenser. Mais bon, c'était la première esclave, elles ne coûteraient peut-être pas toutes aussi cher. Il disposait des fonds nécessaires, mais ces vacances lui avaient déjà coûté 4000 dollars, alors débourser deux fois plus d'argent que prévu lui faisait un choc. Sauf qu'il était prêt à payer très cher pour pouvoir se venger de cette petite garce. Il croisa les bras. Peu importe le prix, il quitterait cette vente aux enchères avec Portia en laisse.

La deuxième esclave arriva et repartit, une blonde à l'air stressé du nom de « Pétale » qui fut achetée 5000 dollars.

Il lut et relut le programme, tentant de découvrir quel était le pseudonyme de Portia. Il lui semblait qu'elle portait le numéro treize, pendant la rencontre. Mais le nom du numéro treize était « Kitty », et Portia ne portait pas de costume de chat. Il regarda la numéro sept, une femme sexy en corset, se pencher en avant pour leur accorder une vue sensuelle. La numéro huit était une soumise nommée Silver, acquise par deux hommes – qui semblaient être jumeaux – pour la somme de 8000 dollars.

— Et notre esclave suivante se fait appeler « Kitty », bien que les scénarios animaliers ne soient pas sa spécialité. Numéro 13, monte sur scène.

David se redressa et vit Portia rejoindre Maître Marshall. Alors Kitty, c'était bien elle, hein ? Il ne l'avait pas imaginée câline.

— Kitty aime la douleur et est très douée pour obéir. Elle adore les châtiments corporels, le bondage et la fellation. Elle serait curieuse de tenter l'aventure avec deux hommes, alors si un duo souhaite acheter une esclave, c'est l'occasion.

Il se raidit. Et puis quoi encore ? Il jeta un regard furieux aux quatre coins de la pièce, comme pour défier quiconque d'enchérir contre lui.

— La mise à prix est de deux cents, est-ce que j'ai deux cents ?

Il leva son panneau en bois.

Portia sursauta.

Il sourit. Même aveuglée par les projecteurs, elle savait que c'était lui l'enchérisseur. Elle se souvenait peut-être de sa place dans la salle.

— Trois cents, est-ce que j'entends trois cents ?

Un dominateur assis à l'autre bout de la salle leva son panneau.

Ordure. Après avoir observé les enchères précédentes, il soupçonnait le Château d'avoir placé des employés dans la foule afin de faire monter les enchères. Si c'était le cas, il ne les en remerciait pas.

— Mille, lança David pour essayer d'accélérer le processus.

— Mille dans le fond. Est-ce que j'entends deux mille ?

— Deux mille.

Il serra les dents. Qui était le salaud qui avait enchéri deux mille ?

— Trois mille, lança-t-il.

— Trois mille pour le maître dans le fond. Est-ce que j'entends quatre mille ?

La salle resta plongée dans le silence.

— Trois mille pour le monsieur dans le fond. Une fois...

— Trois mille cinq cents.

Si David avait pu se choisir un superpouvoir, cela aurait été celui de faire avaler sa langue à son concurrent.

— Quatre mille, contra-t-il.
— Quatre mille. Est-ce que j'entends cinq ? Cinq mille ?
Il retint son souffle.
— Quatre mille une fois... deux fois... adjugé au maître dans le fond. Félicitations, venez me voir pour effectuer votre payement. Maître Grimsley conduira votre esclave dans la salle d'attente.

Bingo. Le triomphe submergea son corps comme une drogue. Il se fraya un chemin jusqu'à la table afin de payer pour son esclave. Quatre mille dollars, ce n'était pas si cher, pour cette douce, douce vengeance.

∼

Portia tremblait de tout son corps. Même Maître Grimsley le remarqua.
— Il n'y a rien à craindre. Tu connais ton mot de sécurité, non ?
Elle dodelina de la tête.
— Oui, Monsieur.
Facile à dire, pour lui. Il ignorait complètement qui venait de l'acheter, et pourquoi. David n'avait enchéri sur personne d'autre. Elle avait vérifié. Il avait attendu qu'elle arrive sur scène, et il avait été bien décidé à la remporter. Il connaissait forcément son identité, et devait avoir l'intention de la faire souffrir. L'idée de passer le Nouvel An comme esclave d'un homme qui la haïssait l'emplissait sincèrement de peur.

Elle se demanda si elle pouvait se défiler. Dire à Maître Marshall qu'elle ne voulait pas de ce maître-là. Mais non... comment cela se passerait-il ? David était déjà en train de payer. Ils ne voudraient pas le rembourser. En plus, ils risqueraient de lui dire que si elle ne voulait plus s'offrir aux enchères, elle devrait payer pour ses trois nuits au Château, ce qu'elle ne pouvait pas se permettre.

La pierre au fond de son estomac semblait rouler. La situation n'aurait pas pu être pire. Elle prit une inspiration tremblante et ferma les paupières, avant de s'enfoncer dans le fauteuil situé à côté de Maître Grimsley. Tout ce qu'elle pouvait espérer, c'était d'être anonyme. David l'avait peut-être simplement reconnue comme la femme du bus, et avait décidé d'enchérir sur elle. Un tel coup de chance était-il possible ? Et dans ce cas, parviendrait-elle à garder le secret pendant trois jours ? Que lui dirait-elle, quand il lui demanderait ce qu'elle faisait dans la vie ? Elle n'était pas très douée pour le mensonge.

Pitié, pitié, pitié, faites qu'il ne sache pas qui je suis.

— Euh... il faut que j'aille faire pipi, dit-elle en se rongeant les ongles.

Cela lui arrivait toujours, quand elle était stressée. Parfois, avant un scénario BDSM, elle était obligée de passer aux toilettes deux ou trois fois.

Maître Grimsley haussa un sourcil comme s'il ne lui faisait pas vraiment confiance.

— Vraiment. Je reviens tout de suite, promis.

Il lui jeta un regard sévère et lui montra l'horloge.

— Tu as quarante-cinq secondes, esclave. Si tu ne reviens pas à temps, je te donnerai une bonne grosse fessée. Compris ?

Malgré son trac, ces paroles autoritaires lui contractèrent le sexe.

— Bien, Monsieur, souffla-t-elle.

Elle bondit sur ses pieds et se précipita vers la porte. Elle trouva les toilettes et urina en un temps record, mais sans doute pas en moins de quarante-cinq secondes, surtout après s'être arrêtée pour se laver les mains.

Lorsqu'elle revint en courant, David était là, imposant avec son jean noir et son tee-shirt moulant de la même couleur, le visage insondable.

— Vous arrivez pile à temps, dit Maître Grimsley à David. Votre esclave a besoin d'être punie. Elle est restée trop longtemps aux toilettes.

David Dean esquissa un sourire.

— Je vais régler ça, répondit-il d'une voix suave.

Elle le dévisagea, tentant de le sonder. La reconnaissait-il ? Ses yeux sombres semblaient pénétrer son âme, mais rien ne laissait supposer qu'il savait qui elle était. Et il ne semblait pas particulièrement en colère. Mais il ne laissait peut-être rien paraître.

— Viens là, esclave, dit-il en lui faisant signe d'approcher.

Elle déglutit, mais ses pieds ne bougèrent pas.

Il haussa un sourcil, ce qui serra l'estomac de Portia.

Son corps la surprit. Il passa aussitôt de la peur à l'excitation. À moins qu'il ne s'agisse de la même chose. Ces deux émotions liées formaient-elles le parfait cocktail pour une soumise ? Avait-elle *envie* que David la punisse ? Elle devait être dingue.

— Tout de suite, Kitty, insista-t-il d'une voix dure.

Elle se rua en avant et se laissa tomber à genoux à ses pieds, tête baissée. S'il l'avait reconnue, s'il comptait la punir, elle ne lui donnerait pas de raisons de se montrer encore plus sévère. Elle serait un parangon de soumission, obéissante en toutes choses. Elle serait tellement souple qu'il n'aurait pas le plaisir de la briser.

— Gentille fille, murmura-t-il, son ton froid devenu chaleureux.

Il glissa un doigt le long de son cou, puis sous son menton, qu'il souleva.

— Regarde-moi.

Elle leva les yeux.

— Je suis Maître D. Quand tu t'adresseras à moi, tu m'appelleras Maître, Maître D ou Monsieur. Cependant, je ne t'autorise pas à parler. Je vais faire de toi mon animal domestique, et les animaux ne parlent pas, si ?

Elle secoua faiblement la tête, sans savoir s'il attendait une réponse.

Il lui adressa un sourire glacial.

— Tu connais le mot de sécurité du Château. Ton mot de sécurité avec moi, c'est « rouge ». Ce sont les deux seuls mots que tu as le droit de prononcer sans mon autorisation. Sinon, si tu as vraiment besoin de me parler, tu me lécheras la main pour me demander la permission. Compris ?

Elle hocha la tête. Une part d'elle pensait « *quel connard* », tandis qu'une autre se réjouissait de cette règle. Ne pas avoir à lui parler la soulageait de la moitié de ses soucis. S'il ne savait pas qui elle était, elle ne risquait pas de faire une gaffe. Et s'il le savait... eh bien au moins, elle n'aurait pas à s'expliquer.

Il tira sur le ruban qu'elle avait autour du cou et le dénoua pour le lui enlever. Il le remplaça par un mince collier de cuir fermé par une boucle.

— Tu m'appartiens, déclara-t-il avec une jubilation sauvage qui la troubla.

Elle avait de nouveau envie de faire pipi. Elle dut prendre sur elle pour ne pas reculer.

Maître Grimsley tendit une laisse à David, qu'il accrocha au collier.

— Viens, esclave, dit-il en la prenant par le coude pour la mettre debout.

Soulagée qu'il ne la force pas à marcher à quatre pattes sur le sol de pierre dur, elle lui emboîta le pas, juste derrière lui, comme une bonne esclave était sans doute tenue de le faire. Il la mena à la Garde-Robe, où il demanda à voir les costumes. Il choisit un corset de satin noir, le genre qui s'arrête sous la poitrine, cintrant sa taille tout en projetant son bonnet A vers l'avant.

— Mettez-le-lui, ordonna-t-il, ne lui laissant aucune intimité face aux autres personnes présentes dans la salle.

Portia s'avança et laissa l'employée, une gothique en costume victorien, lui ôter sa robe rouge, la laissant dans un string de la même couleur et des bottes montantes. Elle se lécha les lèvres et fit mine de ne pas voir les regards scrutateurs de David.

— Attendez, dit-il en levant la main vers l'employée. Tourne sur toi-même.

Portia tenta de maîtriser sa respiration alors qu'elle obéissait. Elle connaissait ses défauts : petits seins, vergetures sur les cuisses à cause de sa poussée de croissance à l'âge de douze ans. Cellulite, malgré sa minceur.

— Un peu maigre, décréta David d'un ton critique lorsqu'elle eut terminé de tourner.

Connard.

Ses oreilles se mirent à brûler, mais elle garda les yeux baissés pour cacher sa colère.

— Enlève ton string.

Le sexe de Portia se contracta, comme s'il savait qu'il était sur le point d'être scruté. Elle ôta son minuscule string ficelle, sautillant pour le faire glisser sur ses bottes. Elle s'était épilée intégralement pour l'occasion, et elle se tourna vers lui pour qu'il puisse l'inspecter.

Il esquissa un sourire.

— Très joli. Merci de t'être épilée pour moi.

Ce n'était pas pour toi, songea-t-elle avec colère, mais elle garda le silence.

Il fit un signe de tête à l'employée, qui glissa le corset autour de la taille de Portia et le serra, tirant sur les lacets dans son dos jusqu'à ce qu'elle ait du mal à respirer. Elle détestait ce choix de costume. Les femmes à petite poitrine n'aiment pas la souligner avec ce type de bustier.

— Un peu moins, dit David. Je ne veux pas qu'elle s'évanouisse quand je la punirai.

La mention d'une punition fit frémir ses fesses, une contraction involontaire qui n'échappa pas à David. Il eut un sourire en coin tandis qu'elle rougissait de honte. Elle le maudissait.

— Autre chose ? demanda l'employée après avoir desserré puis renoué le corset.

— Vous avez des cache-tétons ?

Elle sourit.

— Bien sûr. Regardez.

Elle lui apporta une boîte pleine de petits ornements.

Il choisit deux étoiles noires, avec des trous au milieu pour que ses tétons en sortent. L'employée les mit en place avec de la colle.

Portia s'aperçut dans le miroir mural et s'examina. Elle ressemblait à une danseuse burlesque. Très belle, malgré ses petits seins. Même son sexe nu était beau. Pas obscène, mais joli, comme s'il allait avec le costume, lui aussi.

— Rien pour couvrir le bas ? demanda la jeune femme.

— Pas pour le couvrir. Mais à l'intérieur, oui, répondit David avec l'ombre d'un sourire.

— Bien sûr. Un plug anal ? Nous en avons de très jolis, avec des pierreries.

— Une queue. C'est mon animal de compagnie.

— Un animal en particulier ? Chat ? Chien ? Cheval ?

— Pas un cheval. J'ai du mal à choisir entre chien et chat. Je préfère la voir comme un animal indéfini. Vous pouvez m'apporter des queues de chat et de chien pour que je les examine ?

— Bien entendu.

L'employée lui apporta plusieurs boîtes. David regarda à l'intérieur, sans permettre à Portia d'en faire de même. Enfin, il sortit une queue courte et recourbée.

— Ça, c'est joli, dit-il.

Il s'approcha de Portia tout en retirant la queue de son emballage en plastique. Il plaça le plug en acier devant son visage.

— Lèche-le.

Elle avança la bouche et lui donna un petit coup de langue.

Il lui donna une claque sur les fesses, si forte qu'elle poussa un cri aigu et fit un bond.

— Vraiment, esclave ? Tu veux que je te mette ça dans le cul avec aussi peu de salive ?

— N... non, Mons...

Elle avait oublié qu'elle ne devait pas parler.

— Mademoiselle, demanda-t-il à l'employée. Comment vous appelez-vous ?

— Melony, Monsieur.

— Melony, veuillez m'apporter une cravache.

Les cuisses de Portia se contractèrent tandis qu'elle se mettait à mouiller. Son corps ne semblait pas se soucier du fait qu'elle n'aimait pas cet homme. La perspective d'une punition la mettait dans tous ses états. Étourdie à cause de l'impatience, elle prit plusieurs grandes respirations.

— Pourquoi est-ce que je m'apprête à te fesser, Kitty ? Je t'autorise à parler.

Ce scénario joué à la perfection provoqua en elle l'émotion appropriée : la honte. Elle détestait commettre des erreurs. Pas parce qu'elle détestait les fessées, mais pour une raison plus profonde, qu'elle n'avait pas réussi à identifier jusqu'à présent. Une raison à l'origine de son besoin d'éprouver de la douleur.

— Parce que j'ai parlé, Monsieur, répondit-elle d'une voix rauque, maudissant sa voix d'avoir chevroté.

— C'est exact.

L'employée lui tendit une cravache à l'air menaçant.

— Penche-toi en avant et pose les mains là-dessus.

Avec sa cravache, il lui indiqua le petit escabeau dont l'employée se servait pour attraper les boîtes rangées en hauteur.

Elle s'avança, les jambes flageolantes, et se mit sagement en position, les paumes bien à plat.

— Cambre-toi. Présente-moi ton joli petit derrière.

Il avait eu des doutes sur la soumission de Portia, vu à quel point elle semblait coincée, mais ils s'étaient dissipés. Un désarroi non feint était apparu dans ses yeux lorsqu'elle s'était trompée, certainement pas à l'idée de l'avoir déçu, mais parce qu'elle était perfectionniste. Comme toutes les vraies soumises, elle avait besoin d'approbation ; elle détestait les punitions, sauf qu'elle les adorait également. Et Maître Marshall avait vu juste lorsqu'il avait dit qu'elle aimait la douleur. Elle ne broncha pas une seule fois tandis qu'il abattait son instrument de torture sur ses petites fesses musclées, même s'il savait que cela faisait terriblement mal.

En temps normal, il aurait commencé doucement avec sa

soumise, en la fessant d'abord avec sa main pour ne pas laisser de marques, mais il était d'humeur impitoyable. Il résista également à son envie de la masser pour chasser la douleur, et dit plutôt :

— Compte les coups.

— Un, Monsieur, haleta-t-elle.

Il abattit une nouvelle fois la cravache, laissant une marque bien nette juste sous la première.

— Deux, Monsieur, dit-elle d'une voix étranglée.

— Compte-les vite.

Il enchaîna trois coups.

— Trois, quatre, cinq, s'exclama-t-elle d'un ton paniqué.

Il s'interrompit, fendant l'air avec la cravache et souriant en voyant Portia sursauter.

— Je suis désolée, Maître, dit-il avant de lui infliger un autre coup sur le bas des fesses.

— Six... Je suis désolée, Maître !

Son membre était pressé contre son jean, et son désir de plonger profondément en elle et d'aller et venir jusqu'à la faire crier le démangeait. Mais non, ils avaient largement le temps. Pour l'instant, il avait une esclave à dresser.

— Je me souviendrai de vos règles, dit-il en abattant la cravache au dos de ses cuisses.

Elle glapit, les fesses serrées. Elle semblait avoir du mal à reprendre son souffle.

— Sept, dit-elle enfin. Je me souviendrai de vos règles, Maître. Ça ne se reproduira plus, c'est promis.

— J'espère bien, répliqua-t-il d'une voix traînante. La prochaine fois, je ne serai pas aussi clément.

Il fit glisser la cravache entre ses jambes pour caresser son sexe. Ses fluides la firent luire, comme il s'en était douté.

— Écarte les cuisses, ordonna-t-il d'une voix rauque.

Elle se mit en position.

La cravache était équipée d'une astucieuse petite extrémité en cuir, destinée à frapper les petites chattes désobéissantes.

Il lui donna un coup sur les cuisses.

— Plus que ça.

Elle écarta les jambes davantage.

Il recula et colla l'extrémité de cuir à sa vulve pour viser correctement. Il la brandit et l'abattit sans trop de force.

Elle poussa un halètement surpris et se mit sur la pointe des pieds.

— Vilain animal. Quand tu désobéis à ton maître, tu seras punie.

Il lui donna un autre coup sur le sexe.

— Aaaah, gémit-elle.

Il lui donna un dernier coup pour faire bonne mesure, puis il se plaça à côté d'elle et tapota l'un des seins de Portia avec la cravache.

Elle lui jeta un regard apeuré.

— Quel est le problème ? Tu penses que tes seins ne tiendront pas aussi bien le choc que ta chatte ?

Elle déglutit et secoua la tête.

— Pourquoi ? Parce qu'ils sont petits ?

Elle dodelina de la tête, et David ne sut pas si cela voulait dire oui ou non.

— On t'a déjà fouetté les seins ?

Elle secoua rapidement la tête.

Il souleva la cravache et lui donna une tape sur le côté du sein.

— Tu as de la chance de porter des cache-tétons. Au moins tes aréoles sont protégées.

Il frappa l'autre sein avec l'extrémité en cuir de son instrument, avant de lui en donner un grand coup.

Elle sursauta, grimaça et se balança d'un pied sur l'autre.

Il posa la cravache sur la marche de l'escabeau où étaient plaquées ses paumes pour qu'elle soit obligée de l'avoir sous les yeux.

— Bon, où en étions-nous ? Ah oui, c'est vrai. Le plug.

Il ramassa l'objet en question et l'approcha de la bouche de Portia.

— C'est à toi de voir, mais je n'ajouterai pas de lubrifiant, alors la quantité de salive que tu me donneras devra suffire. Compris ?

Elle hocha la tête et ouvrit la bouche.

Il porta le plug à ses lèvres, et elle se jeta dessus, le suçant comme un pénis, en couvrant chaque centimètre de salive.

— C'est bien.

Il se plaça derrière elle et donna une claque à ses fesses couvertes de marques.

— Cambre-toi.

Elle creusa le dos, lui présentant son pelvis.

— Inspire.

Il pressa le bout du plug contre la petite fleur de son anus.

— Souffle en poussant.

Obéissante, sa petite chatte domestique s'ouvrit à lui, et il enfonça l'accessoire en acier, malgré la plainte aiguë qu'elle poussa lorsque sa partie la plus évasée l'étira.

— Tu peux te lever.

Elle redressa le dos, la poitrine soulevée par ses halètements. Elle toucha sa queue, et il sourit.

— C'est mignon. Regarde-toi dans le miroir.

Elle avait une expression dubitative, mais lorsqu'elle pivota pour s'admirer de profil, il comprit que cela lui plaisait.

Il se glissa derrière elle.

— Attends que je te donne une fessée avec ça dans le cul, lui souffla-t-il à l'oreille.

Elle le récompensa d'un frisson.

— Mets les mains dans le dos.

Il sortit le ruban qu'elle avait porté autour du cou de sa poche et s'en servit pour lui menotter les poignets, tout en veillant à ne pas lui couper la circulation.

— Les animaux de compagnie, ça n'a pas de liberté de mouvement, expliqua-t-il.

— Un couvre-chef ? suggéra Melony en lui apportant une boîte.

Il regarda à l'intérieur, repoussant les cagoules pour sélectionner un serre-tête duquel dépassaient deux petites oreilles pointues.

— À genoux, animal, ordonna-t-il.

Portia obéit. Il mit le serre-tête en place, puis lui souleva le menton pour admirer le tout.

— Non, décréta-t-il en l'enlevant.

Portia avait beau se faire appeler Kitty, elle était tout sauf mièvre. Sans qu'il sache dire pourquoi, ces oreilles semblaient la rabaisser. Un peu d'humiliation ne lui ferait pas de mal, mais il voulait mettre en valeur les atouts de son esclave, pas les tourner en ridicule.

— Un harnais pour le buste ? proposa Melony.

Beaucoup mieux.

— Oui, répondit-il.

Il l'installa lui-même sur Portia. Le harnais encadrait ses seins sans ternir l'apparence du corset. Il recula pour contempler son œuvre.

— Ça me plaît, dit-il, à personne en particulier.

Il décrocha la laisse de son collier pour la fixer à son dos.

— Faites monter une cage et des bols dans ma chambre, dit-il à Melony en signant la facture pour qu'elle soit ajoutée à son ardoise.

— Vous voulez de la pâtée ?

Il jeta un regard à Portia et ravala son sourire en coin.

— Kitty, lève-toi et va m'attendre devant la porte.

Quand elle fut trop loin pour l'entendre, il demanda à ce que des conserves de raviolis, des chips de maïs et un ouvre-boîte soient montés dans sa chambre.

Melony sourit.

— Vos désirs sont des ordres, Maître D.

Il la remercia et rejoignit Portia sur le seuil. Il ramassa sa laisse.

— Prête à jouer, esclave ?

Elle hocha brièvement la tête et son regard balaya son visage, mais elle baissa aussitôt les yeux. Il lui donna une tape sur les fesses en quittant la pièce avec elle. Il allait bien s'amuser.

Se promener sans culotte et avec une queue de chien dans le derrière la mettait mal à l'aise. Tous les hommes et la moitié des femmes qu'ils croisaient lui adressaient un sourire en coin ou un clin d'œil. Certaines femmes la fusillaient du regard, comme si le fait qu'elle se balade la chatte à l'air faisait obstacle à leurs ébats à venir. Le poids du plug anal l'emplissait, et la friction subtile lui rappelait constamment sa présence. Son sexe était gonflé, gorgé de sang à cause de la cravache et de son excitation. À chaque pas, ses petites lèvres frottaient l'une contre l'autre, lui donnant envie de se libérer de ses liens pour se masturber.

Ses fesses la brûlaient toujours après les coups qu'elle avait reçus, mais elle savourait cette douleur, qui l'enivrait plus qu'un cocktail bien fort. En plus, elle était contente qu'il ne l'oblige pas à marcher à quatre pattes comme un chien à ses côtés. S'agenouiller ne la dérangeait pas, mais ses genoux de trente-neuf ans ne supporteraient pas de traîner longtemps sur le sol de pierre dur. David... Maître D n'avait pas encore fait preuve de cruauté. Il ne savait peut-être vraiment pas qui elle était. Elle s'accrochait à cet espoir.

Il la mena dans la salle de bal, où les gens affluaient après avoir admiré le feu d'artifice dehors. Ils se mêlaient les uns aux autres, discutaient et préparaient leurs futurs scénarios.

Maître D s'assit sur un canapé.

Elle attendit ses instructions, debout face à lui comme une bonne petite esclave. Ou un bon petit toutou.

— Assise, ordonna-t-il en claquant des doigts et en indiquant ses pieds.

Seigneur, ça n'aurait pas dû l'exciter, pourtant tout son plancher pelvien se souleva, contracté face à son autorité. Elle s'agenouilla devant lui, contente que le yoga lui permette au moins d'accomplir ce mouvement. Comme il lui avait parlé comme à un chien, plutôt que comme à une esclave, elle leva le regard vers lui dans l'attente de l'instruction suivante.

Il plongea des yeux froids et pleins d'assurance dans les siens. Elle vit une lueur sadique y briller, ou en tout cas, elle s'imaginait que ce qu'elle voyait indiquait une volonté d'infliger de la douleur.

Sa gorge devint sèche. Elle garda le silence, puisqu'il ne l'avait pas autorisée à prendre la parole. Cette fois encore, elle était contente de cette instruction. Elle se sentait libérée à l'idée de ne pas avoir à parler. Du moment qu'elle se souvenait d'obéir.

David Dean fouilla dans la poche de sa veste et en sortit un sachet en plastique, duquel il ôta deux pinces à tétons. Elle se mordilla la lèvre. Elle n'aimait pas beaucoup ce supplice-là. Elle ne l'avait pas mis dans ses limites, car elle était capable de l'endurer, mais ça ne lui plaisait pas. Il se pencha sur elle et plaça une pince crocodile sur l'un de ses tétons.

Elle serra les lèvres pour ravaler le glapissement dans sa gorge. *Inspire. Expire. Inspire.* Elle exhorta les muscles crispés de son cou à se détendre, son souffle à revenir.

Il tira sur la chaîne, et elle se redressa sur ses genoux, les yeux tournés vers son visage pour savoir ce qu'il attendait d'elle. Voulait-il qu'elle se rapproche ? Ou cherchait-il simplement à la faire souffrir et à asseoir sa domination ?

Il dut percevoir son hésitation, car d'une voix douce, il dit :

— Un peu plus près, petit animal.

Elle s'avança sur les genoux et s'arrêta lorsqu'il cessa de tirer sur la chaîne. Elle n'avait pas envie d'admettre que ce salaud était plutôt doué, comme dominateur, mais sa capacité à la décrypter alors qu'ils n'avaient jamais couché ensemble prouvait qu'il avait un certain niveau d'empathie et de compétences.

Il mit en place la deuxième pince crocodile, et elle avait beau s'être préparée à la douleur, elle sursauta. Il tira sur la chaîne entre les deux pinces, et elle suivit le mouvement, se redressant sur ses genoux avant de se mettre debout entre ses jambes.

Le sang lui monta aux oreilles, et la pièce sembla se resserrer autour de l'homme assis devant elle.

Il la saisit par les hanches et lui caressa et lui pétrit les fesses. Son geste ravivait la brûlure de la cravache, intensifiait la douleur. Il avait de grandes mains, une poigne ferme. Elle ne put s'empêcher de se demander ce que ça ferait, d'être fessée par elles. Elles auraient la puissance d'un paddle.

Comme s'il lisait dans ses pensées, il se tapota les genoux.

— Je pense que tu as besoin d'une autre fessée. Je t'en dois toujours une de la part de Maître Grimsley.

Par réflexe, elle faillit répondre « Oui, Monsieur », mais elle se ravisa juste à temps.

Il haussa un sourcil, comme s'il avait entendu la syllabe étranglée dans sa gorge et qu'il savait parfaitement ce que cela signifiait.

Se mettre en position s'avéra compliqué, avec les bras dans le dos. Elle dut s'agenouiller sur le canapé à côté de lui pour coucher son buste sur ses cuisses musclées. Il fit sauter ses genoux pour ajuster la position de Portia, et elle se retrouva avec le nez tout près du sol. Elle poussa un petit cri aigu, ses poignets tirant sur ses menottes en ruban pour essayer de se libérer et de retrouver l'équilibre.

— Je ne te laisserai pas tomber, esclave, lui assura-t-il.

Encore un bon point en faveur de ce connard arrogant. Il savait ce qu'il faisait, en fin de compte. Mais bon, cela n'aurait pas dû la surprendre. En cuisine aussi, il savait ce qu'il faisait, mais cela ne voulait pas dire qu'elle devait tomber à genoux et chanter ses louanges. Sauf en ce moment même...

Une tape cinglante la ramena brusquement à la réalité. David chassa la brûlure d'une main ferme et possessive, avant de répéter son geste de l'autre côté. Il continua ce lent échauffement, frappant une fesse, puis l'autre avec des caresses intermittentes. La queue de Portia s'agitait, ou remuait, peut-être. Elle ne voyait rien, mais le plug bougeait assez pour lui rappeler sa présence.

Elle en voulait plus. Plus de fessée. Plus de mouvement de queue. Plus de tout, sauf qu'elle aurait préféré que cela ne vienne pas de David Dean Marone.

Il glissa un doigt entre ses jambes, presque sur son sexe, et elle gémit.

— Kitty est tout excitée, hein ? commenta son maître d'un ton suffisant.

Une part d'elle regrettait que son corps réagisse avec autant d'enthousiasme. Qu'il ne suive pas l'exemple de ses émotions, qui étaient complètement fermées à cet homme. Mais le bouton de sa soumission avait été pressé, et cela faisait d'elle la masse de chair la plus souple et réceptive de toute l'histoire de la fessée.

Il se mit à aller plus vite, cessant d'alterner les coups avec des caresses, abattant fermement la main sur son derrière.

Seigneur... la douleur était tellement bonne. Elle avait vu juste. Ses mains étaient comme des paddles, et chaque claque la brûlait en surface tout en provoquant une douleur plus profonde qui s'attardait. Elle haletait et se tortillait sur ses genoux ; pas pour se dégager, bien que son corps essaye instinctivement d'échapper aux coups, mais pour soulager le désir grandissant dans son centre ardent.

Elle avait cru qu'il la frappait de toutes ses forces, jusqu'à ce qu'il amplifie l'intensité de ses claques, la faisant crier à chaque fois. La panique prit le pas sur son excitation. Elle croisa les jambes et tenta de ne pas agiter les pieds, mais la main de son maître s'abattait trop vite et trop fort pour qu'elle parvienne à maîtriser ses réactions. Elle se mit à transpirer, et des sons à mi-chemin entre la plainte et le cri quittèrent sa gorge.

— Tu aimes les bonnes grosses fessées, Kitty ?

Heureusement qu'elle n'avait pas le droit de parler, car elle n'aurait jamais trouvé la force de répondre.

— Bien sûr, ce que tu aimes ne compte pas, hein ? Tout ce qui importe, pour ce Nouvel An, c'est ce qui me plaît.

Le derrière de Portia avait pris une jolie teinte rose foncé, les lignes gonflées laissées par la cravache disparaissant lorsque le reste de sa chair se mit à enfler à son tour. Elle faisait preuve d'une tolérance impressionnante face à la douleur. Il ne se rappelait pas avoir déjà frappé une soumise aussi fort. Et bon sang, ça faisait du bien. Dominer lui octroyait une sensation de puissance enivrante mêlée au désir d'infliger encore plus de douleur, tout en lui faisant ressentir de plus en plus d'affection pour elle. Curieux, que ces deux aspects puissent cohabiter. C'était seulement possible dans cet univers.

Il enchaînait les coups, faisant rebondir la petite queue de chien alors que les fesses de Portia s'écrasaient et se repulpaient. Ses cuisses se contractaient en rythme, tentant de se faire à cette agression. Il la tira légèrement vers l'avant, lui soulevant les fesses, et il se mit à la frapper plus bas, en plein sur son sexe.

Elle se trémoussa en gémissant, criant à chaque coup. Puis elle lui trempa la main dans la plus belle démonstration d'éjaculation féminine. Il s'interrompit et tapota ses fesses gonflées.

— Tu aimes vraiment les fessées, hein, esclave ?

Elle gémit. Il savait qu'elle n'avait pas encore joui – car l'éjaculation féminine n'était pas toujours accompagnée d'un orgasme –, mais il avait l'intention de la faire patienter.

— À genoux, esclave, ordonna-t-il en poussant doucement sur ses jambes tout en lui relevant le buste.

Elle avait des yeux fous, et son visage était tout rouge.

Il ouvrit sa braguette, et elle se pencha en avant, attendant l'ordre suivant.

— C'est ça, petit animal. Je veux que tu me suces. Et fais

ça bien, sinon je ne te laisserai pas jouir pendant les deux prochains jours.

Elle ouvrit la bouche et sortit la langue de façon séduisante.

Il saisit la base de son membre et le guida entre ses lèvres. Elle lécha son gland, maladroite sans l'usage de ses mains, mais avec un enthousiasme auquel il ne s'était pas attendu de sa part.

Il grava cette scène dans sa mémoire. Il voulait se souvenir que Portia Sands, la critique culinaire, l'avait sucé comme ça : yeux fermés, la bouche dégoulinant de salive tandis qu'elle allait et venait le long de son érection.

Il sentit la jouissance monter en lui, et il retint son souffle pour se retenir. Il voulait la faire bosser dur, la pousser à le sucer jusqu'à ce qu'elle en ait mal à la mâchoire, jusqu'à ce qu'elle soit trempée. Il glissa un doigt sous la chaîne qui liait ses pinces à tétons, et il la tira vers le haut.

Elle émit un son paniqué, mais il s'enfonça profondément dans sa gorge pour étouffer ses protestations.

— Montre-moi que tu es bien sage, dit-il alors qu'elle l'avalait plus profondément. Essaye de contenter ton maître.

Elle redoubla d'efforts tandis qu'elle allait et venait sur son membre. Les lèvres retroussées sur ses dents, elle stimulait son gland dans un rythme délicieux. Quelques gouttes de liquide préséminal s'étaient mêlées à sa salive, le lubrifiant parfaitement.

— Ah... Bon Dieu. Putain... c'est trop... bon, grogna-t-il.

Il lui attrapa la tête pour l'encourager.

Il sentait l'orgasme arriver, mais il ne la laissa pas s'en tirer à si bon compte. Il lui maintint la tête tout en éjaculant au fond de sa gorge.

— Avale, esclave, ordonna-t-il en saisissant les petites lèvres de Portia, qu'il secoua doucement.

Elle jouit, et ses hanches tressautèrent, ses genoux se dérobèrent sous son corps. Il la retint d'un bras autour de son dos tout en lui caressant le clitoris de son autre main jusqu'à ce qu'ils soient tous les deux comblés.

— Gentille fille, murmura-t-il, sans cesser de la caresser.

Elle se laissa doucement retomber en position assise sur ses talons, les cuisses écartées. Il lui donna une petite tape entre les jambes.

— C'est très bien. Reste comme ça... ne bouge pas. Je vais nous chercher à boire.

CHAPITRE 3

Était-il possible d'avoir envie de tuer quelqu'un, et en même temps, envie de se jeter à ses pieds ? Car c'était ce que lui inspirait David Dean en cet instant. Elle n'avait jamais joui après aussi peu de stimulation. Un pincement de ses lèvres, et l'orgasme arrivait ? C'était insensé ! Et la brève caresse qu'il avait octroyée à son clitoris pendant qu'elle jouissait n'avait pas été particulièrement recherchée non plus. Ses gestes étaient méprisants, humiliants, et... absolument parfaits.

Elle aurait pu quitter le Château ce soir-là parfaitement comblée. Elle avait obtenu ce qu'elle était venue chercher. Et le fait que ce soit David Marone qui lui ait donné satisfaction la rongeait. Elle ne voulait pas lui reconnaître la moindre qualité.

— Te voilà. Je croyais que tu faisais partie des domestiques. Je cherchais le mauvais costume.

Elle leva les yeux et vit son prétendant de la visite.

Va-t'en. Elle ne l'aimait toujours pas. Certains mecs déclenchaient son alarme à gros lourds, et ce type était l'un d'entre eux. Elle ouvrit la bouche, mais hésita. Premièrement, elle ne savait pas quoi lui dire. Deuxièmement, son maître lui avait interdit de parler. Pouvait-elle ignorer le nouveau venu, tout simplement ?

À sa grande surprise, il déboutonna son pantalon et sortit son sexe, qu'il lui agita sous le nez.

— Puisque tu es déjà à genoux, ma belle...

Il lui donna une tape avec son érection.

Avec un mouvement de recul, elle le fusilla du regard.

— Mais qu'est-ce que tu fous, bordel ?

La voix glaciale de David lui évita d'avoir à répondre.

Le sexe était toujours dressé vers elle, alors elle continuait de détourner la tête. Son maître dégageait une agressivité toute masculine lorsqu'il poussa le torse de son prétendant-dominateur du bout des doigts.

— Hé, je m'amusais un peu, c'est tout. C'est quoi ton problème ?

— Mon problème, connard, c'est ta queue sous le nez de ma soumise. T'as pas vu son collier ? Elle m'appartient. J'ai payé très cher pour la posséder pendant les vacances, et je n'ai pas l'intention de laisser les autres se servir.

Un nœud se forma dans son plexus solaire. Le rôle d'esclave sexuelle la faisait fantasmer, mais avec cette conversation, cela devenait un peu trop réel. Comme si elle n'était rien d'autre qu'un bout de viande. Et certaines femmes avaient beau aimer que l'on se batte pour elle, Portia avait envie de se cacher dans un trou de souris face à cette scène pleine de machisme.

— Il y a un souci, par ici ? demanda un vigile gigantesque, bien plus grand que les deux autres hommes.

— Ouais, j'ai un souci, répondit David. Ce type emmerdait mon esclave.

Le vigile prit le prétendant-dominateur par le coude.

— Vous n'avez pas vu son collier ? lança l'agent de sécurité tout en s'éloignant avec le type.

L'espace d'un instant, Portia crut que David allait les suivre pour se défouler sur l'autre homme, mais au lieu de cela, il s'accroupit devant elle et plaça une main sur sa joue, qu'il caressa avec son pouce.

— Je suis désolé, dit-il. Je n'aurais pas dû te laisser toute seule. Ça va ?

Jamais elle n'aurait pu imaginer David Marone s'abaisser à présenter des excuses. Elle ne s'était pas non plus attendue à la tendresse de son geste, surtout après la confrontation chargée de testostérone à laquelle elle venait d'assister. Elle l'observait, incapable de se reprendre suffisamment pour répondre.

— Tu peux répondre par un signe de tête. Ou si tu souhaites parler, lèche-moi la main.

Bien sûr. Le connard qu'elle connaissait était de retour. Elle hocha la tête.

Il lui donna une gorgée du punch qu'il avait réussi à ne pas renverser pendant la confrontation.

— Tu veux qu'on s'en aille ?

Elle hocha de nouveau la tête, même si elle ne se sentait pas prête à se retrouver seule avec lui. Elle se rappelait avoir ressenti la même chose lorsqu'il l'avait invitée à sortir, tant d'années plus tôt. Il l'avait terrifiée, avec son charisme, son attitude arrogante. Elle était allée au rendez-vous avec des copines pour se rassurer et pour ne pas faire quelque chose qu'elle regretterait, comme enlever son pantalon ou lui arracher le sien.

Cela avait agacé David, elle l'avait bien vu, même s'il avait plaisanté à ce sujet et l'avait taquinée. Ça, c'était seulement quelques jours avant qu'il l'humilie devant toute la classe.

Il se levait, à présent, tirant sur la chaîne entre ses tétons pour l'obliger à le suivre. Elle laissa échapper une exclamation et se dépêcha de se lever, malgré les fourmillements dans ses jambes après être restée à genoux. Il la prit par la taille, prouvant une fois de plus qu'il était à l'écoute de ses besoins. Elle tapa des pieds par terre pour activer la circulation dans ses jambes, et tenta d'ignorer les picotements que cela provoquait. Il agita sa laisse, puis s'en servit pour la tirer vers lui, visiblement ravi d'avoir cette emprise sur elle.

— Suis-moi, Kitty, dit-il d'une voix grave et langoureuse.

Elle trottina derrière lui, supportant de moins en moins la pression de la queue entre ses fesses. Elle n'avait pas l'habitude de porter un plug, et son anus lui faisait mal à cause des mouvements de l'accessoire en inox. Elle aurait également préféré être plus couverte. Après les propositions non désirées de l'autre dominateur, sa nudité amplifiait la vulnérabilité qu'elle éprouvait en traversant la foule amassée dans le couloir.

David regarda derrière lui et dut remarquer son expression, car il s'arrêta et tira sur sa laisse jusqu'à ce qu'elle se heurte à son torse.

— Tu es la femme la plus sexy du Château.

Il souleva la chaîne entre ses seins, l'obligeant à se cambrer.

— Conduis-toi comme si tu en avais conscience, ordonna-t-il.

Elle avait retenu son souffle lorsqu'il avait tiré sur la chaîne, et elle continua de le faire en attendant qu'il la relâche. Il n'en fit rien. Il plaqua Portia contre le mur et ouvrit l'une des pinces crocodile. Elle haleta de douleur en sentant le sang revenir dans son téton torturé. Avant qu'elle puisse reprendre ses esprits, il lui donna une claque sur le sein, puis se pencha pour sucer son téton martyrisé. Il en fit le tour avec sa langue brûlante, chassant la douleur en le lapant, suçant la pointe durcie.

Elle luttait pour garder l'équilibre, ses poignets liés l'obligeant à se balancer contre la pierre froide. Sans lever la tête, David glissa les mains derrière elle et dénoua le ruban pour la libérer. Il prit un poignet dans chacune de ses mains et les lui souleva au-dessus de la tête. Elle comprit ce qu'il cherchait à faire et entremêla ses doigts, les seins levés devant lui.

Il ôta la deuxième pince et fit rouler son téton tout en continuant à sucer et mordiller le premier.

Elle gémit face à ce mélange de plaisir et de douleur, son sexe brûlant et gonflé entre ses jambes. Elle se fichait qu'il s'agisse de David Dean Marone, l'homme auquel elle s'était promis de ne plus jamais adresser la parole. Elle avait envie de lui. Personne n'avait encore jamais réussi à attiser les flammes de son désir à ce point.

Il lâcha ses tétons, les privant de ses caresses.

— Ça y est, tu es prête à montrer ce qui m'appartient avec fierté ?

Elle hocha faiblement la tête.

Il reprit la laisse en main et la glissa, bien tendue, entre ses jambes. Elle était pressée contre son sexe, lui donnant envie de s'y frotter, mais en même temps, elle enfonçait davantage le plug en elle, ce qui était désagréable. David tira dessus.

— Garde les mains sur ta tête, et avance.

Elle se mit à marcher maladroitement avec la laisse entre les cuisses. Cette position l'humiliait, comme si la laisse était une queue coincée entre ses jambes parce qu'elle avait fait une bêtise. Elle tremblait de tout son corps, ses émotions en ébullition. Elle avait envie de pleurer, de crier ou d'implorer sa pitié. Elle voulait qu'il la baise, longtemps, sans ménagement. Elle avait désespérément besoin de jouir à nouveau.

Mais elle continua d'avancer à petits pas, les tétons lancinants, la laisse tirant entre ses jambes d'une façon dégradante. Lorsqu'ils atteignirent la chambre de David, elle se sentit infiniment soulagée.

Il ouvrit la porte et recula, laissant tomber la laisse pour lui tendre la main, comme s'il ne pouvait pas s'empêcher de se montrer galant, même avec la soumise qu'il avait l'intention de torturer.

Une fois dans la chambre, elle s'arrêta net, les yeux braqués sur la grande cage posée par terre. Elle l'avait entendu en commander une, dans la Garde-Robe, mais la réalité s'imposait soudain à elle. Il comptait l'enfermer comme un chien.

Elle n'était pas sûre de pouvoir le supporter. Elle n'avait encore jamais été mise en cage, et cette forme de bondage ne l'avait jamais intéressée. D'ailleurs, elle était parfois un peu claustrophobe.

David entra et lui donna une claque sur les fesses, agitant de nouveau sa queue de chien.

Elle se laissa tomber à genoux et rampa vers lui pour lui lécher la main.

— Tu peux parler, dit-il en la regardant avec des yeux pétillants.

— Maître, vous pouvez m'enlever le plug anal ? J'ai mal.

Il la prit à la gorge. Il ne serrait pas du tout, pas le moins du monde, mais ce geste fit quand même rater un battement à son cœur. Il la tira vers le haut pour qu'elle se mette debout. Il la colla à lui et lui souleva la tête, avant de lui suçoter le cou.

— Mais je veux que tu aies mal, petite esclave. Je vais te faire subir toute une série de tortures, au cours des soixante-douze prochaines heures.

Il posa les lèvres sur son oreille, soufflant son haleine brûlante en elle et effleurant son lobe tout en ajoutant :

— Ça te donne envie de crier « rouge », Kitty ?

Ses jambes la soutenaient à peine. Elle s'était transformée en une masse toute molle seulement composée de nerfs à vif. Elle secoua la tête, car elle ne savait pas si elle avait toujours le droit de parler.

— Tant mieux, susurra-t-il en lui mordillant le lobe.

De sa grande main, il lui pétrit les fesses, puis ôta le plug d'un seul coup, la faisant glapir de douleur. La sensation de vide était à la fois bienvenue et décevante.

Il avait complètement oublié Portia Sands la critique culinaire et n'avait d'yeux que pour la soumise qui tremblotait entre ses mains. Son corps brûlait pour elle, chaque morceau de sa chair en contact avec ses vêtements l'enjoignant à se débarrasser de la barrière qui les séparait. Il avait envie de la sentir contre lui, peau contre peau, de la prendre sauvagement pour asseoir sa dominance jusqu'à ce qu'ils crient de plaisir à l'unisson.

— Je n'en ai pas fini avec ton anus endolori, dit-il en glissant les doigts entre ses fesses pour l'effleurer. Je vais te sodomiser jusqu'à ce que tu pleures, ma petite.

Elle frémit contre lui.

— Mais s'il a besoin d'un peu de repos, je l'accepte. Je pourrai torturer d'autres parties de tes fesses. Penche-toi sur le lit.

Il la fit pivoter, et elle alla coucher le buste sur le lit avec obéissance.

Il ôta sa ceinture, la plia en deux et referma la main sur la bouche. Il avait fait exprès de mettre une ceinture souple, l'idéal pour fouetter. Le cuir raide faisait saigner la peau, tandis que les matériaux plus souples pouvaient être utilisés longuement, laissant de jolies rougeurs et s'abattant sur la peau dans un bruit satisfaisant.

Le derrière rebondi de Portia était toujours un peu rose après ses fessées précédentes, et il prit le temps de l'admirer. Elle avait de longues jambes fines, avec juste assez de muscles pour leur éviter de sembler maigrichonnes. Elle avait des fesses de danseuses ou de yogi. Et l'odeur enivrante de son excitation embaumait l'air.

Il tira sur le lacet de son corset pour le détacher.

— Enlève ça, dit-il d'une voix rocailleuse.

Elle se redressa et ôta le vêtement de satin, qu'elle plia soigneusement avant de le poser à côté d'elle. Elle ne portait plus que ses bottes montantes, ses cache-tétons et son collier de cuir, une vision qui étourdissait presque David de désir.

Il abattit sa ceinture, doucement d'abord, pile à l'endroit où elle s'assiérait. Il caressait ses fesses avec, idolâtrant son cul parfait à chaque baiser du cuir sur sa peau, qu'il fit chauffer jusqu'à ce qu'elle reprenne une vive teinte rose. Il n'augmenta pas l'intensité ; ce n'était pas une punition, après tout, mais une simple démonstration de domination. Il continua de fouetter la même zone encore et encore, regardant Portia se balancer d'un pied sur l'autre, les doigts enfoncés dans l'édredon.

Au bout d'une quarantaine de coups, elle se mit à sursauter, à remuer et à tenter de se dégager, incapable de rester immobile pour lui. Il plaqua une main dans le creux de ses reins pour l'aider à rester en place.

— Tu t'en sors très bien, esclave, la complimenta-t-il pour l'encourager à tenir plus longtemps.

Elle poussa une longue plainte rauque.

Il continua d'abattre la ceinture sur le bas de ses fesses.

— Je vais fouetter ton petit cul à vif pendant tout notre temps ensemble. Toi, tu te pencheras en avant et tu encaisseras. Tu sais pourquoi ?

Elle gémit.

Il ne l'obligea pas à répondre.

— Parce que tu m'appartiens. Pendant les trois nuits à venir, tu seras à moi. Et j'ai l'intention de faire de toi ce que je voudrai. C'est compris, esclave ?

Elle émit un son larmoyant, et il s'interrompit pour caresser sa chair brûlante avec sa paume, avant de pétrir ses fesses avec force et possessivité. Il les écarta.

— Ton cul est à moi. Je vais le fouetter, le baiser et le mater chaque seconde que je passerai avec toi, lui gronda-t-il à l'oreille. Qu'est-ce que tu pourras bien y faire ?

Elle poussa une plainte.

— Tu encaisseras.

Il ouvrit l'emballage du préservatif qu'il avait pris sur un présentoir dans la salle de bal.

Portia resta en position, le dos tremblant tandis qu'elle reprenait son souffle.

Il ouvrit sa braguette et baissa son pantalon juste assez pour libérer son membre gorgé de désir. Il enfila le préservatif et pénétra Portia sans difficulté. Sa chaleur enveloppa son érection imposante, ses fluides lui facilitant le passage. Il la saisit par les coudes et s'en servit pour s'enfoncer encore plus profondément dans le tunnel humide.

Il lui donna plusieurs coups de reins féroces, son excitation tellement grande qu'il n'arrivait plus à réfléchir. Les cris que poussait Portia à chaque va-et-vient semblaient exprimer du désir, et de la peur ou de la douleur, un plaisir pour les oreilles. Il perdit complètement la tête alors qu'il éjaculait dans le préservatif, en pleine extase.

— Jouis, esclave, ordonna-t-il les dents serrées.

Portia lui apporta aussitôt satisfaction en se contractant sur son membre, l'aspirant avec ses muscles, tout le corps tremblant.

Il se retrouva sur elle, les bras glissés sous son buste pour la serrer contre son torse. Leurs poumons se gonflaient de concert, parfaitement synchronisés, et leurs respirations ralentirent au même rythme. Il se laissa porter par l'euphorie de l'orgasme, son esprit dénué de pensées, son corps comblé. Sa gratitude et son affection envers sa petite soumise l'envahissaient, et il chassa les cheveux qui lui tombaient sur le visage pour la regarder.

C'est seulement à ce moment-là qu'il se souvint de qui il s'agissait. Portia Sands.

Il la lâcha et se leva.

— Ne bouge pas, dit-il d'un ton froid en se rendant dans la salle de bains à grands pas.

Il jeta le préservatif, se lava les mains et s'aspergea le visage d'eau fraîche. Il mouilla un gant de toilette et regagna la chambre.

— Écarte les jambes, dit-il d'un ton impérieux, sa voix beaucoup plus dure que nécessaire.

Elle écarta les pieds, formant un V avec ses longues jambes.

Il passa le gant sur son pubis et l'intérieur de ses cuisses, même s'il n'avait pas joui en elle. Il aimait l'humilier en l'essuyant comme un bébé.

— Et maintenant, petit animal, il est temps pour toi d'aller dans ta cage.

Les émotions de Portia étaient aussi à vif que ses fesses. La félicité apportée par son orgasme retomba face à la froideur de David. Juste après leurs ébats, il avait assuré, mais les coups de gant entre ses cuisses l'avaient fait déchanter. La déception se transforma en une vague impression de rejet. Avait-elle fait quelque chose de mal ? Ou le cuisinier égocentrique ne savait-il pas faire mieux ?

C'était sa faute à elle. Elle s'était monté la tête. À quoi s'était-elle attendue ? À ce qu'il l'enlace et la berce jusqu'à ce qu'elle s'endorme ? À ce qu'il lui dise que cette nuit avait compté à ses yeux ? Ridicule.

Mais même s'il l'avait bordée et l'avait prise dans ses bras pour lui embrasser les tempes, elle ne se serait pas sentie capable d'entrer dans cette cage. Elle redressa le buste, raide après les coups de reins de David, les muscles toujours tremblants à cause des endorphines.

Les minces barreaux métalliques de la cage lui semblaient glacés.

— À genoux, esclave, aboya son maître.

Elle hésita, alternant les regards entre la cage et son visage.

Il la toisait, les sourcils haussés en signe d'avertissement.

Lentement, elle se laissa tomber au sol, les paumes moites.

— Vas-y à quatre pattes.

Son estomac se serra. Elle n'avait vraiment, *vraiment* pas envie d'entrer dans cette cage.

Elle passa ses options en revue. Devrait-elle dire « rouge » ? Mettre fin au scénario ? Et que se passerait-il dans ce cas ? Cesseraient-ils de jouer au maître et à l'esclave ? Redeviendraient-ils Portia Sands et David Dean Marone ? C'était la dernière chose qu'elle voulait. Et elle ne voulait pas non plus que leur jeu de rôles s'achève. Il avait beau repousser ses limites, l'amener aux confins de la tolérance et de la confiance, il l'avait comblée si profondément qu'elle n'osait pas se pencher sur ses émotions.

Elle baissa la tête et se mit à avancer vers la cage, contente qu'il y ait un tapis par terre pour épargner ses genoux.

Il ouvrit la porte grillagée pour elle, toujours aussi galant.

Elle s'arrêta devant l'entrée et s'assit sur ses talons, levant les yeux d'un air dégoûté.

Il esquissa un sourire suffisant. Il ne dit rien. Il ne la menaça pas, ne lui donna pas d'ordre, mais se contenta de la regarder jusqu'à ce qu'elle comprenne qu'elle n'avait d'autre choix que d'entrer.

Avec un grand soupir, elle pénétra dans la cage à quatre pattes, prenant sur elle pour ne pas paniquer en entendant la porte se refermer derrière elle.

— Gentille fille. Je t'autorise à parler tant que tu seras enfermée, puisque tu ne peux pas me lécher la main.

Son maître se leva et s'éloigna, la laissant en proie à la peur dans cet espace exigu.

Elle se cogna la hanche contre les barreaux en tentant de se tourner vers la porte, et la claustrophobie s'empara d'elle. Elle enfonça son épaule dans un coin de la cage pour avoir la place de se retourner. Ses pieds heurtèrent la paroi alors qu'elle glissait maladroitement.

— Hé ! s'exclama David d'un ton sévère.

Il s'accroupit à ses côtés et glissa la main entre les barreaux pour lui saisir la nuque. D'un mouvement fluide, il colle sa joue à la paroi.

Elle poussa un halètement surpris.

— Calme-toi, dit-il avec fermeté. Tu as largement la place de te retourner.

Il lui caressa le cou tout en continuant de la maintenir contre les barreaux.

— Respire.

Il la gardait prisonnière, attendant qu'elle obéisse.

Malgré l'angoisse qui montait, elle s'exécuta. Elle se laissa aller contre les barreaux de la cage et prit une grande inspiration. Elle fit taire ses pensées et se soumit à son maître, qui maîtrisait la situation.

— Tiens, tu vois ? Dit-il d'une voix plus douce, pour la féliciter, tout en continuant de lui caresser le cou. Il n'y a pas de raison de paniquer. Tu es une petite chatte bien obéissante.

Ils restèrent ainsi pendant ce qui lui sembla être une éternité, elle collée aux barreaux, prisonnière de sa poigne, et pourtant apaisée par sa voix et ses caresses.

Soudain consciente qu'elle avait le droit de parler, elle dit d'une voix rauque :

— Je... je ne pense pas pouvoir faire ça.

— Mais si, répliqua-t-il. Tu en es capable, et tu vas le faire.

Son ton était plus ferme.

— Tu veux te retourner ? suggéra-t-il, comme si cela allait tout arranger.

Elle acquiesça, et il lui lâcha la nuque.

— Prends ton temps. Avec un corps comme le tien, tu dois faire du yoga ou de la danse. Montre-moi ta souplesse, ma belle.

Elle n'aurait pas dû prendre ses remarques pour des compliments, mais les mots de David étaient comme un baume apaisant sur ses nerfs à vif. Voir ses déplacements dans la cage comme une sorte de numéro de cirque l'aida à se détendre. Et d'ailleurs, elle s'aperçut qu'il était très facile de changer de position. Elle plaqua les hanches contre la paroi, colla les genoux à sa poitrine, et les fit glisser pour intervertir la position de sa tête et de son bassin.

— Bravo. Maintenant, sois un animal domestique bien sage, et reste tranquille. Tu resteras là jusqu'à ce que je décide que tu peux sortir.

Cela ne lui disait rien qui vaille, mais quelque chose dans son ton sévère lui fit de l'effet, comme toujours face à une attitude dominatrice.

— Oui, Maître, murmura-t-elle.

Elle se coucha sur le flanc et se roula en boule.

Il s'éloigna, et pour la plus grande indignation de Portia, il sortit son portable et s'assit dans la causeuse pour passer un coup de fil.

— Salut, Carrie, c'est moi.

Elle se raidit. Qui était Carrie ?

— C'est moi, tu m'entends ? Argh, la réception est nulle, ici. Comment ça se passe ?

Elle entendit une voix de femme parler à toute vitesse, interminablement. Elle ne comprenait pas ce qu'elle disait, mais elle semblait annoncer une mauvaise nouvelle.

Enfin, David répondit :

— Si tu estimes que lui offrir le repas était la bonne décision, alors je te soutiens. Je te fais confiance, Carrie. C'est pour ça que je t'ai nommée maître d'hôtel.

La voix de femme reprit, d'un ton soulagé, cette fois. Carrie était seulement son employée, alors. Pourquoi continuait-elle d'éprouver une pointe de jalousie en écoutant David lui parler ?

— Bon, discute avec Jerry. Je suis sûr qu'il ne voulait pas t'engueuler. Tu sais bien que ça le stresse, quand je ne suis pas là.

Elle reprit la parole.

— Si tu veux, je lui dirai de te présenter ses excuses. Mais je pense que vous pouvez vous arranger entre vous, non ? Vous êtes deux adultes.

Qu'est-ce qui l'embêtait à ce point dans cette conversation ? Avait-elle envie d'être son employée fidèle ? D'avoir un dominateur sexy pour patron ? Ou était-ce qu'elle ne s'était pas attendue à ce qu'il soit aussi humain, aussi merveilleux avec ses employés ? L'avait-elle imaginée en cuistot arrogant qui hurlait sur ses subalternes dès qu'ils faisaient un pas de travers ? Oui, c'était peut-être ça. Sauf qu'elle réalisait que cette vision de lui ne collait pas avec ses souvenirs de l'école de cuisine. À l'époque, il était arrogant, effectivement, mais toujours charmant. Il était sûr de lui, mais cela donnait envie aux autres de lui donner tout ce qu'il voulait.

Sauf à elle.

Mais ça aussi, c'était faux. Elle était roulée en boule dans une cage pour chien en ce moment même. Et bien qu'elle n'ait pas succombé à son charme pendant leurs études, elle n'y avait pas été insensible. Loin de là.

Il raccrocha et quitta son champ de vision sans lui prêter attention. Elle entendit le bruit métallique d'un ouvre-boîte, et son estomac se révulsa. S'il lui demandait de manger de la pâtée pour chien, elle vomirait. Elle avait le souffle court, des sueurs froides. Elle se mit à quatre pattes et tenta de fixer son regard sur la couverture noire sous ses paumes.

Il revint.

— Tiens, Kitty. Ton dîner.

Il ouvrit le haut de la cage pour y glisser un bol en métal rempli de... Elle poussa un soupir de soulagement. Ce n'étaient que des raviolis en boîte. Pas beaucoup mieux que de la pâtée pour chien, mais au moins, c'était destiné aux humains.

— Ne te sers pas de tes mains. Les animaux de compagnie n'ont pas de doigts. Baisse la tête et mange à même le bol.

Elle se pencha et sortit la langue, effleurant à peine la sauce tomate insipide. Elle espérait qu'il se contenterait de quelques lapements.

— Qu'est-ce qui ne va pas, Kitty ? La nourriture ne te plaît pas ?

Il plongea les doigts dans la sauce tomate et la lécha.

— C'est impossible. C'est un produit local, repéré dans l'hypermarché du coin. Bien sûr, je n'ai pas le vin idéal auquel l'appairer, mais...

Ses mots résonnaient dans sa tête, et elle se glaça, sous le choc. *Il savait.* Son cœur se mit à tambouriner dans sa poitrine. Il fallait qu'elle sorte de là. Elle se mit à lutter contre la porte de la cage, glissant les doigts à l'extérieur pour défaire le loquet.

— Non, non, la réprimanda-t-il en refermant une main sur la sienne. Je ne t'ai pas autorisée à sortir.

Une peur bien réelle s'empara d'elle. Elle était sa prisonnière ! Il l'avait mise en cage et... Elle se souvint qu'elle avait toujours la possibilité de crier son mot de sécurité. Elle ouvrit la bouche pour le faire, puis la referma lorsqu'il ôta ses doigts du loquet et les porta à ses lèvres.

Elle le regarda avec des yeux ronds. À quoi jouait-il ?

— Ce n'est pas juste, dit-elle bêtement.

Les lèvres de David se tordirent dans un sourire.

— Oh, je trouve que si. Il y a toujours un retour de bâton, Portia. En plus, la justice, ça n'existe pas, dans la domination. Tout ce qui compte, c'est la volonté du maître. Et pour l'instant, ton maître veut que tu restes dans cette cage.

— Je veux sortir, dit-elle à brûle-pourpoint. Je veux sortir immédiatement.

— Désolé, ma belle.

Il lui embrassa les doigts une dernière fois avant de se lever et de s'éloigner.

~

Portia avait été à deux doigts de prononcer son mot de sécurité. Elle émettait des ondes de tension tandis qu'elle remuait dans sa cage. Il faisait mine de s'affairer nonchalamment, de défaire ses bagages, mais en réalité, elle le mettait dans tous ses états. Il ne voulait pas qu'elle prononce son mot de sécurité, et encore moins celui du Château. Il se flattait d'être assez à l'écoute de ses soumises pour qu'elles n'aient jamais à recourir à leur mot de sécurité. Et la dernière chose qu'il voulait, c'était de perdre l'esclave pour laquelle il venait de dépenser quatre mille dollars. Mais c'était plus profond qu'une question d'argent. Plus profond que la vengeance, même. Malgré l'obstacle insurmontable posé par l'article de Portia, ça collait entre eux. Ils avaient une alchimie dominant/dominée qu'il était très difficile de trouver. Il n'avait jamais eu une telle compatibilité avec une femme, et l'idée de la perdre lui était désagréable.

Mais il ne voulait pas non plus la laisser sortir, surtout après une demande de sa part. S'il le faisait, il perdrait toute crédibilité en tant que dominateur.

— Je peux enlever mes bottes ? demanda-t-elle d'une voix chevrotante.

— Non, répondit-il sans même se retourner.

Elle remuait ; s'asseyant, se mettant à genoux, agrippant les barreaux de sa cage.

— S'il vous plaît... j'ai envie de faire pipi. Vous devez me laisser sortir, insista-t-elle d'une voix suppliante.

Il l'ignora.

Portia changea de nouveau de position pour l'observer. À en juger par la tension dans l'air, elle était sur le point de craquer.

Il ouvrit la bouche pour l'informer qu'elle n'avait plus que cinq minutes à tenir, lorsqu'elle s'exclama :

— Je suis désolée, d'accord ? Je suis désolée pour ma critique. C'était méchant, même si tout était vrai !

Entendre parler de l'article le poussa dans ses retranchements, même si les excuses de Portia le soulageaient. Il se dirigea prestement vers la cage et l'ouvrit.

— Viens, ordonna-t-il d'un ton brusque avec un signe de la main.

Quand elle fut debout après avoir rampé à l'extérieur, il pointa le sol à ses pieds.

— Pas bouger.

Elle prit un air méfiant, mais obéit.

Il ramassa un martinet et un paquet de mouchoirs, qu'il fourra dans sa poche arrière. Il décrocha le manteau de Portia à la patère de la porte et le lui tendit.

Elle le dévisagea, déroutée, avant de s'agenouiller et de lui lécher la main.

— Tu peux parler.

— Euh, j'ai vraiment envie de faire pipi.

— Je sais, dit-il d'un ton impatient en agitant son manteau. C'est pour ça que je te sors.

Il savoura l'expression choquée sur son visage lorsqu'elle réalisa où il voulait en venir. Il garda une expression sévère et réprobatrice.

Les lèvres pincées de nervosité, elle enfila le long manteau de laine couleur fauve, les bras glissés dans les manches doublées de satin. Il la fit pivoter pour fermer les boutons, avant de serrer la ceinture autour de sa taille. Il ramassa son propre manteau, ouvrit la porte et claqua des doigts.

— Au pied.

Elle trottina en avant pour se placer un demi pas derrière lui, puis elle le suivit tandis qu'il la menait le long du couloir en la tirant par son manteau. Il descendit les escaliers d'un pas vif, jetant des coups d'œil derrière lui pour vérifier qu'elle parvenait à le suivre malgré ses bottes à talons.

Il la conduisit dehors, dans le jardin, où les animaux de compagnie jouaient, lorsque le temps était plus clément. En hiver, l'herbe se faisait rare, et le vent glacé traversait son manteau. Portia ne portait rien en dessous. Il ne la laisserait pas dehors longtemps.

Il lui montra un arbre.

— Fais ce que tu as à faire.

Elle s'arrêta, le menton buté, le premier signe de défi qu'il voyait chez elle. Elle regarda les alentours, puis l'arbre, puis David, le fusillant des yeux en croisant les bras.

— On ne partira pas tant que tu n'auras pas fait pipi, l'informa-t-il froidement.

Elle ouvrit la bouche, puis la referma d'un coup sec. Elle fit retomber ses bras dans un soupir furieux. Elle se dirigea vers l'arbre à grands pas, puis remonta son lourd manteau jusqu'à sa taille. L'arrière pendait toujours, mais elle ne remarquait rien.

— Attends, lança-t-il alors qu'elle commençait à s'accroupir.

Il la rejoignit et souleva le pan arrière de son long manteau pour dévoiler ses fesses à l'air glacial. Elle lui jeta un regard noir par-dessus son épaule.

— Vas-y, lui dit-il.

Les lèvres retroussées, elle s'accroupit lentement, les jambes écartées. Rien.

— C'est dur de faire pipi quand il fait aussi froid, hein ? commenta-t-il sur le ton de la conversation.

Elle émit un bruit de gorge rauque.

— Oh, non, la rabroua-t-il. Tu n'as pas le droit de grogner sur ton maître. Tu seras punie.

La colère grandissante de Portia semblait s'écouler par tous ses pores. Elle finit par réussir à uriner, tout en essayant d'éloigner ses bottes du jet. Visiblement, elle n'avait pas fait beaucoup de camping sauvage. Il s'esclaffa.

Quand elle eut terminé, il sortit les mouchoirs de sa poche et les lui tendit.

— Essuie-toi.

Elle lui jeta un regard meurtrier tout en se relevant maladroitement, laissant retomber son manteau pour prendre les mouchoirs. Elle s'essuya et plia soigneusement le papier avant de le fourrer dans sa poche. Puis elle repartit d'un pas furieux en direction du Château.

Le cœur de David se mit à battre la chamade face à ce défi. Elle se rebellait. Avait-il définitivement perdu le contrôle, ou le testait-elle ? Il savait qu'elle était toujours à deux doigts de tout arrêter.

Il lui emboîta le pas à grandes enjambées, mais sans lui courir après. Lorsqu'ils atteignirent le bâtiment, il se précipita pour lui ouvrir la porte. Une fois à l'intérieur, il la prit par la taille et la plaqua au mur de pierre, prise en sandwich contre son corps.

L'impact lui arracha un cri, et son visage se tordit d'émotion, un mélange de colère et de sanglots contenus, à son avis. Ses lèvres tremblaient, et elle haletait doucement.

— *Por-tia*, dit-il d'un ton ronronnant, mi-apaisant, mi-réprobateur.

Il la prit par les cheveux pour lever son visage vers le sien.

— Tu es très vilaine, murmura-t-il d'un ton séducteur.

Elle ferma les yeux, et une larme roula sur sa joue.

Il l'attrapa du bout de la langue.

— Je sais que tu as peur, dit-il avec douceur. Et pour être honnête, ça me plaît.

Il lui caressa la joue.

— Je sais aussi que tu es énervée.

Il passa le pouce sur sa lèvre inférieure, la séduisant en paroles comme en gestes.

— Mais selon le contrat, tu m'appartiens toujours. Et on n'en a pas encore terminé, je trouve. Tu n'es pas de mon avis ?

Elle ouvrit les paupières, mais garda les yeux baissés. Elle dodelina de la tête, un mélange de oui et de non.

— Je sais que tu n'as pas aimé ça, reprit-il en montrant le jardin. Et je sais que tu n'as pas aimé la cage.

Il sortit le martinet en cuir de sa poche arrière.

— Je vais exiger des choses qui représenteront un défi pour toi, et qui repousseront même tes limites.

Il fit glisser la poignée phallique entre les pans de son manteau.

— Mais au final, je t'apporterai aussi du plaisir, tu me crois ?

Il pressa le manche entre ses jambes et le promena le long de sa fente.

Une autre larme roula sur sa joue, et elle détourna obstinément le regard.

— D'accord, je sais que tu ne l'admettras pas. Tu as une dent contre moi.

Il lui caressa le clitoris avec le manche, et elle se cambra avec un petit cri.

— Avant la fin de nos trois nuits ensemble, tu m'expliqueras pourquoi tu as décidé de t'acharner sur moi avec ta critique.

Ses yeux se posèrent de nouveau sur son visage, surpris et écarquillés. Il enfonça le manche en elle, et elle s'agrippa à ses bras en gémissant.

— Tu es capable d'admettre que tu mérites ma punition ? demanda-t-il en allant et venant lentement en elle avec le manche. Tu peux me répondre à voix haute.

— Oui, chuchota-t-elle. Je mérite votre punition.

Son membre, déjà en érection, pulsa face à cette victoire.

— Tourne-toi, ordonna-t-il d'un ton brusque. Mets ton manteau à l'envers et sors les fesses.

Ils avaient beau être à l'intérieur, le couloir était parcouru de courants d'air, et il ne voulait pas qu'elle attrape froid.

Elle s'était soumise à nouveau, et elle obéit immédiatement, lui présentant ses fesses nues.

CHAPITRE 4

— Quel animal domestique désobéissant, murmura David en décrivant des huit avec son poignet, mais sans laisser les liens frapper ses hanches.

Il la fouettait doucement, et les lanières avaient presque l'effet d'une caresse sur sa chair endolorie.

Elle gémit, son désir amplifié par ses mots. La brûlure du martinet éveillait une sensation délicieuse dans son centre.

David maniait l'accessoire à merveille, frappant exactement la même zone encore et encore, avant de descendre un tout petit peu plus bas.

— Ça, c'est pour m'avoir grogné dessus, dit-il en abattant les lanières avec une force punitive.

Elle glapit, serrant les fesses et se redressant pour se dégager. Elle dut prendre sur elle pour se détendre et reprendre sa position.

Il la frappa de nouveau sans ménagement.

Cette fois encore, elle poussa une exclamation et grimaça de douleur.

— Encore cinq.

Elle lui tendit les fesses. Cinq coups, c'était dans ses cordes. Elle serra les paupières et s'interdit de bouger.

Il frappa encore et encore, causant des sursauts et des contractions involontaires chez Portia, mais elle tint bon pour lui.

Il fit doucement glisser le martinet entre ses jambes.

— Quel animal domestique désobéissant, répéta-t-il.

Sa voix était une caresse, cette fois.

Les paumes de Portia glissèrent le long du mur lorsqu'elle renversa la tête en arrière en poussant un gémissement, le dos cambré.

— Bon sang, Portia, marmonna-t-il d'une voix qui semblait plus grave que d'habitude.

L'entendre l'appeler par son vrai prénom avec autant de désir l'enorgueillit. Le froissement d'un emballage de préservatif l'enflamma comme un chien bien dressé, et le sang afflua dans son sexe, le faisant s'ouvrir comme une fleur.

Elle projeta le bassin en arrière, les mains calées contre le mur.

David glissa un bras autour de sa taille tout en la pénétrant, ses hanches collées à ses fesses. Il poussa vers le haut, la projetant de plus en plus près du mur jusqu'à ce qu'elle y soit plaquée. Il continua d'aller et venir sauvagement en elle, son torse collé à son dos. Il couvrit l'une de ses mains avec la sienne, entremêlant leurs doigts tandis que son autre bras continuait d'enserrer sa taille.

Elle perdit tout sens commun. Des feux d'artifice explosaient derrière ses yeux, et son corps n'était plus qu'une flaque qui appartenait à son maître. Elle ne doutait pas un seul instant qu'elle allait jouir, et dès qu'il gémit en frémissant, elle fut submergée d'innombrables vagues d'extase.

Avant qu'elle puisse reprendre ses esprits, il la retourna et la souleva dans ses bras, la portant aisément dans les escaliers jusqu'à sa chambre. Elle aurait voulu protester, sauf que la connexion ne se faisait plus entre son cerveau et sa bouche. En plus, elle n'avait pas le droit de parler. Il ouvrit la porte et la conduisit droit dans la salle de bains, où il l'assit sur un meuble.

Étourdie, elle le regarda tandis qu'il lui enlevait son manteau, qu'elle semblait avoir mis à l'envers. Il mouilla un gant et nettoya ses bottes, ce qui la surprit, jusqu'à ce qu'elle se souvienne qu'elle les avait un peu éclaboussées, en urinant dehors. Cela lui paraissait lointain, tant elle avait traversé d'états émotionnels entre temps. Il ouvrit la fermeture éclair de ses bottes et les lui enleva, avant de lui ôter ses chaussettes montantes.

Sa trousse de toilette apparut dans les mains de David, et il en sortit sa brosse à dents et son dentifrice. Au lieu de les lui donner, il les prépara lui-même et lui saisit la mâchoire.

— Ouvre.

Elle obéit, ouvrant sagement la bouche pour permettre à quelqu'un de lui brosser les dents pour la première fois en trente-cinq ans, sans doute, à moins de compter le dentiste.

Il porta un verre d'eau à ses lèvres et lui ordonna de se rincer la bouche. C'était absurde, et pourtant ce moment semblait beaucoup plus tendre que tout le reste, surtout vu l'état de leur relation une heure plus tôt. Elle recracha l'eau, et il lui essuya la bouche avec une serviette. Il la souleva du meuble de salle de bains et la fit pivoter vers le lavabo.

— Lave-toi le visage.

Elle sortit le gel nettoyant de sa trousse et s'exécuta, gênée qu'il l'observe. Il lui tendit une serviette, et elle se cacha le visage dedans, plus honteuse que quand il l'avait regardée uriner dehors.

— Suis-moi, ordonna-t-il en sortant.

Elle quitta la pièce derrière lui. Il se rendit jusqu'au lit et le tapota.

— Monte.

Elle rampa dessus.

— Couchée, dit-il en pointant le doigt vers le bas.

Obéir aux ordres comme un chien devrait sembler absurde, sauf qu'avec lui, c'était tout naturel. À moins qu'elle soit vraiment devenue son animal de compagnie, avec la mentalité qui allait avec.

Il retourna dans la salle de bains, sans doute pour se brosser les dents, ou faire ce qu'il faisait habituellement avant de se coucher. À son retour, il ôta tous ses vêtements à l'exception de son boxer et s'allongea de l'autre côté du lit, avant d'éteindre la lumière. À la grande surprise de Portia, il se plaça juste derrière elle, son torse collé à son dos, un bras autour de sa taille. Elle ne s'était pas attendue à un câlin de sa part.

Son membre se contracta contre ses fesses. Il changea de position, hissé sur un coude pour la dévisager. Il avait laissé la lumière de la salle de bains allumée, ce qui leur permettait de se voir. Elle tourna la tête pour le regarder, intimidée. Il chassa les cheveux qui lui tombaient sur le visage.

— Cheveux noirs et peau de porcelaine. Ça te vient d'où ?

Elle cilla, en se demandant s'il s'agissait d'une question rhétorique.

— Tu peux répondre, dit-il d'une voix douce.

Quelque chose papillonna dans son ventre. Une chose qu'il avait éveillée avec son ton. Elle supportait mieux sa domination froide que... *ça*. Quoi que ce soit. Elle déglutit.

— Ma mère est grecque. Je lui ressemble comme deux gouttes d'eau.

— Elle a ces yeux dorés, elle aussi ?

Portia hocha la tête.

— Remarquable, dit-il en passant l'index sur la courbe de son sourcil. Tu es très belle.

Elle rougit. Elle avait envie de détourner la tête, mais elle était captive de ses caresses douces comme une plume et de son regard.

— Alors, pourquoi tu m'en veux ? Parce que j'ai lu tes autres critiques, et tu n'es pas mesquine, d'habitude.

Elle se sentit aussitôt sur la défensive, et elle ouvrit la bouche pour affirmer que son article se basait uniquement sur son expérience au *David Dean*, mais il posa un doigt sur ses lèvres.

— Fais attention, dit-il d'un ton d'avertissement.

Elle referma la bouche et tourna la tête pour clore le sujet. Mais il ne s'avoua pas vaincu.

— Qu'est-ce qui t'a fait croire que tu étais en mesure de critiquer ma personnalité en plus du restaurant ? Tu ne me connais même pas.

Elle redressa brusquement la tête pour le regarder avec colère.

— Tu ne te souviens pas de moi ? On était à l'école de cuisine ensemble.

— Bien sûr que je m'en souviens. Mais qu'est-ce que ça vient faire là-dedans ? On était en bons termes, il me semble. Je ne t'ai jamais rien fait.

Elle détourna de nouveau les yeux, peu désireuse de ressasser le passé.

Il glissa un doigt sous son menton et la fit tourner vers lui.

— Quoi, je t'ai fait quelque chose ? demanda-t-il d'un ton incertain.

Elle se dégagea.

— Qu'est-ce que je t'ai fait ? insista-t-il.

— Rien, grommela-t-elle en se roulant en boule et en

fermant les paupières. Je suis désolée pour mon article. Je te l'ai déjà dit.

— Me dire que tu es désolée d'un ton énervé, ça ne compte pas. Mais ne t'en fais pas, j'obtiendrai des excuses sincères de ta part avant la fin du séjour, dit-il d'un ton menaçant.

∾

David sortit de la cabine de douche et se sécha avec une serviette. Il n'avait pas arrêté de se creuser la tête, après la révélation de Portia la nuit dernière. Elle lui en voulait depuis l'école de cuisine. Mais que s'était-il passé ? Il ne se rappelait pas avoir eu un conflit avec elle. Dans ses souvenirs, il l'avait invitée à sortir, et elle lui avait fait comprendre qu'elle n'était pas intéressée. Point final.

Il enroula la serviette éponge moelleuse autour de sa taille et se rendit dans la chambre, où Portia, qui s'était réveillée, était toujours allongée sur le côté, les joues un peu roses.

Il eut un sourire en coin. Le trouvait-elle séduisant ?

Elle se glissa hors du lit et vint s'accroupir à ses pieds.

Il eut aussitôt une érection, mais elle ne tenta pas de la toucher. Au lieu de cela, elle lui prit la main et la porta à sa bouche pour la lécher. Elle voulait parler.

Il baissa les yeux, déçu que son membre ne reçoive pas la même attention.

Face à son silence, elle prit l'un de ses doigts en bouche et le suça avec force tout en lui jetant un regard séducteur.

Il sourit. Petite tentatrice.

Elle prit un deuxième doigt en bouche, faisant glisser sa langue entre les deux.

— Tu peux parler, dit-il enfin.

— Maître, puis-je aller aux toilettes ?

Son expression était réellement implorante, et il sourit à nouveau. Il s'imaginait bien que la perspective de passer d'un lit tout chaud au froid glacial du jardin ne plaisait pas à Portia.

— Seulement pour cette fois, répondit-il d'un dur. Et ensuite, je veux que tu prennes une douche et que tu te fasses belle pour moi. Mais ne t'habille pas. Je veux t'inspecter complètement nue, ce matin.

Il enfila des vêtements et appela le service d'étage, un luxe réservé aux maîtres du Château, d'habitude, mais qui s'appliquait également aux acquéreurs d'esclave. Puis il patienta, assis dans le fauteuil près de la fenêtre. Il avait reçu des messages, mais il préférait les consulter devant Portia, pour lui montrer que son temps n'était pas précieux, pour lui.

Elle passa trente bonnes minutes dans la salle de bains, à prendre sa douche, puis à se sécher les cheveux. Quand elle émergea, elle portait un maquillage léger, et ses épais cheveux noirs tombaient en ondulations brillantes sur ses épaules. Elle avait une beauté exotique, originale et naturelle.

— Viens là, ordonna-t-il en lui faisant signe d'approcher.

Elle se dirigea vers son fauteuil.

Il prit une inspiration, enivré à l'idée que cette femme nue se soumette à lui. Elle posa les yeux sur son visage, sa chemise, son entrejambe.

— Croise les mains derrière la tête.

Elle obéit, et ses seins se soulevèrent et s'écartèrent.

— Tourne-toi.

Elle lui tourna le dos. Ses fesses étaient de nouveau blanches comme l'albâtre, sans la moindre trace des fessées reçues la veille. Une toile vierge.

— Continue de tourner.

Elle lui fit de nouveau face.

Il plaça une main derrière sa cuisse et la tira vers lui. Elle sentait le propre, une odeur de shampooing et d'autre chose. Il se pencha en avant et huma son entrejambe. Concombre. Sans doute une crème pour le corps. Il glissa les mains le long de ses cuisses, puis de ses fesses, qu'il saisit et pétrit.

— Tu es terriblement mince, pour une gourmande.

Elle sursauta, percevant visiblement une critique.

— Ou alors tu détestes secrètement la nourriture, et c'est pour ça que tu la démolis dans tes articles ?

Elle serra les mâchoires.

— Écarte les jambes.

Elle obéit autant que possible sans toucher ses propres cuisses.

Il passa une main devant elle et glissa le pouce entre ses jambes. Malgré la tension entre eux, elle était mouillée. Il sortit son pouce et le fit tourner devant elle pour lui montrer à quel point il brillait à cause de ses fluides.

— Tu dois mourir de faim. La nuit a été longue, et tu n'as pas fini ton bol.

Elle se crispa en jetant un regard apeuré à la cage. Il n'avait pas l'intention de l'y enfermer à nouveau, même s'il n'excluait pas de s'en servir comme punition à l'avenir. L'accessoire avait servi son objectif.

Quelqu'un frappa doucement à la porte. Elle se raidit.

— Entrez. Ne bouge pas, dit-il à son esclave nerveuse.

Les jambes bien tendues, elle leva les yeux et regarda droit devant, comme une soldate pendant l'inspection des troupes.

Il s'enfonça dans son fauteuil avec un sourire en coin pendant que le serveur entrait avec son chariot de nourriture.

— Vous pouvez laisser ça là, dit-il en tapotant à petite table située à côté de lui.

— Bien, Monsieur.

Le jeune homme ne semblait pas se formaliser de la femme nue exposée devant lui. Il posa ses plats et accepta son pourboire.

— Merci, Monsieur, dit-il.

Une fois la porte fermée, David ordonna :

— À genoux.

Il claqua des doigts et indiqua ses pieds. Portia plia ses longues jambes, les mains toujours derrière la tête.

Il pinça ses deux tétons, les fit rouler et tira dessus jusqu'à ce qu'elle émette un petit « aaah » des plus adorables.

— Les mains derrière le dos.

Il craignait que son sang ne circule plus depuis le temps. Il ôta les cloches des plats pour révéler une coupe de fruits, des pancakes et une omelette.

Elle regardait le tout d'un air affamé.

— Tu es prête à manger cette fois, esclave ?

Il coupa un morceau de pancake avec ses doigts, le couvrit d'une noisette de beurre et le trempa dans du sirop d'érable.

— Ouvre, ordonna-t-il en portant le pancake à sa bouche.

Ses lèvres s'ouvrirent et s'emparèrent de la nourriture avec une précision pleine de délicatesse. Lorsque d'un coup de langue, elle attrapa une goutte de sirop tombée sur le pouce de David, il faillit jouir.

Il avait toujours trouvé la nourriture érotique. Les saveurs stimulaient ses sens, et le plaisir de voir les autres se régaler grâce à sa cuisine était aussi enivrant que la domination.

Il prépara une autre bouchée, avec une framboise, cette fois.

Elle prit le tout en bouche bien proprement et mâcha avec appétit. Elle devait avoir faim. Il se pencha en avant et embrassa ses lèvres au goût de sirop d'érable pendant qu'elle mastiquait, ce qui sembla la surprendre. Elle avala et lui adressa un sourire hésitant.

Il rit en réalisant qu'il s'agissait de leur premier baiser. Il l'embrasserait à nouveau plus tard, comme il fallait, quand elle l'aurait mérité. Il découpa un morceau d'omelette avec sa fourchette et le lui donna. Elle mâcha plus lentement, cette fois, comme si elle explorait chaque saveur avec sa langue.

— Alors, c'est comment ? demanda-t-il.

Elle haussa les épaules et hocha la tête.

— Pas assez écœurant et prétentieux à ton goût ?

Il s'était attendu à la voir se renfrogner, mais elle eut l'élégance de sourire, et il l'aima pour cette réaction.

— On pourrait leur demander de nous laisser accéder aux cuisines pour préparer quelque chose d'un peu plus recherché. Bien sûr, on ne pourra pas aller à la chasse aux produits d'exception.

~

David la perturbait. Froid et cassant un instant, attentionné le suivant. Il n'avait même pas mangé une seule bouchée ! Et il la regardait mâcher comme s'il s'agissait de l'expérience la plus sensuelle de toute sa vie. Elle pouvait le comprendre. Elle avait toujours trouvé les bons repas orgasmiques. Ils la détendaient tout autant qu'un bon vin ou une bonne fessée.

Il continua de la nourrir jusqu'à ce qu'elle se tapote le ventre pour montrer qu'elle était rassasiée. Alors seulement, il se mit à manger.

— Je vois ce que tu veux dire, pour l'omelette, commenta-t-il.

Quand il eut terminé, il empila proprement les assiettes et les poussa dans un coin.

— C'est l'heure de ta fessée du matin, annonça-t-il en se tapant sur les cuisses.

Elle se leva, et le sang afflua brusquement dans ses pieds, après s'être agenouillée si longtemps. Il la prit par la main et la guida sur ses genoux. La première tape fut plus forte qu'elle s'y était attendue, et elle sursauta. Il chassa la brûlure d'une caresse avant d'infliger le même traitement à l'autre côté.

— Tu te souviens de ce que je t'ai dit hier soir, petit animal ? Je veux que tes fesses restent endolories jusqu'au bout. Nos moments ensemble seront consacrés à la punition et à la vengeance.

Il se mit à la fesser rapidement, alternant la droite et la gauche avec une précision d'expert. Il augmenta l'intensité, et elle agita les pieds sans le vouloir. Il les repoussa et passa une jambe sur les siennes pour les emprisonner.

— Je ne serai pas tendre, dit-il, sans cesser de la frapper trop vite pour qu'elle parvienne à se maîtriser.

La brûlure commençait à s'installer, et elle sursautait et se trémoussait. Il la maintint par la taille sans interrompre sa fessée.

Elle serrait les lèvres, mais de petits sons s'en échappaient : des grognements et des halètements, des cris aigus. La panique montait en elle. Quelque chose dans le rythme de la fessée et dans son impuissance la poussait à se débattre. Cela ne semblait pas déranger David, car il ne la gronda pas.

Pile quand elle commençait à se dire que cela n'en finirait jamais, il s'arrêta et se mit à caresser sa peau échauffée avec douceur.

— C'est comme ça que j'aime ton cul. Tout rose.

Elle se tortilla, les reins enflammés par ces mots.

— Ça, c'était ton échauffement, dit-il, provoquant un frisson alarmé à l'intérieur des cuisses de Portia. Voyons si tu sauras supporter la lanière de cuir.

Elle prit une grande inspiration juste avant que le cuir s'abatte sur elle. Elle retint son souffle et serra les fesses.

Il attendit qu'elle se détende avant de frapper à nouveau. Si l'échauffement avait été trop rapide, la lanière était trop lente. Elle attendait chaque coup avec impatience, insultant David dans sa tête à chaque fois qu'il frappait. La lanière s'abattit une dizaine de fois. Puis il se mit à aller plus vite. L'avantage d'être allongée sur ses genoux, c'était que son bras ne pouvait pas prendre trop d'élan. Le cuir lui mordait la peau, mais pas autant que si son maître avait eu plus de place. La douleur était tout de même suffisante pour la pousser à se tortiller, surtout lorsque David passa à l'arrière de ses cuisses.

Elle faillit gémir « non » après le deuxième coup sur cette zone, mais elle se retint juste à temps, produisant seulement une sorte de « nnmm ». Il n'était sans doute pas dupe, mais par chance, il ne lui en tint pas rigueur.

Quarante-deux coups. Elle les compta tous sans exception, et quand il s'arrêta, ses yeux la piquaient. Haletante, elle s'écroula sur ses genoux, soulagée. Il passa la paume sur sa chair meurtrie. *Pitié, faites qu'il s'arrête là. Faites qu'il ne sorte pas un nouvel accessoire et ne se lance pas dans une deuxième série de coups.*

— Qu'est-ce qui arrive aux vilaines critiques culinaires ? Tu peux me répondre.

— Elles se prennent une fessée ? dit-elle d'une voix rauque.

— Elles sont punies par les cuisiniers arrogants qu'elles insultent.

Il glissa deux doigts entre ses jambes, jusqu'à son sexe palpitant.

Elle se colla à lui avec avidité, et il lui donna une vive tape sur les fesses.

— Elles se font remettre à leur place.

Ses doigts plongèrent de nouveau en elle, et elle gémit.

— Où est ta place, Portia ? Tu peux répondre.

— À vos pieds ?

— À genoux à mes pieds.

Il la souleva. Elle comprit où il voulait en venir, et elle déboutonna son pantalon, désireuse de le servir. Aucune soumission n'était aussi délicieuse que celle de donner du plaisir oral avec les fesses en feu. Elle saisit la base de son érection et elle couvrit ses dents avec ses lèvres, léchant son gland comme une boule de glace. Une goutte salée de liquide préséminal récompensa ses efforts, et elle le prit dans sa bouche, faisant glisser son gland de son palais jusqu'à sa gorge. Elle n'avait pas encore appris à éviter les haut-le-cœur réflexes, mais pour lui, elle était prête à essayer. Elle le prit lentement, s'obligeant à se détendre pour l'avaler de plus en plus profondément.

Il gémit.

— Recommence, dit-il d'une voix rauque.

Elle répéta son geste, en espérant qu'il ne lui attraperait pas la tête pour s'enfoncer en elle, car elle risquerait de paniquer. Elle avait besoin de savoir qu'elle avait le contrôle pour que sa gorge ne se ferme pas. Il la laissa faire, et elle continua de le prendre de plus en plus profondément, jusqu'à ce qu'il ait le souffle court.

— Plus vite.

Elle arrêta de le prendre dans sa gorge pour accélérer le rythme, le poing serré autour de la base de son membre pour accompagner le mouvement de sa bouche.

Il ramassa sa lanière de cuir pour lui fouetter les fesses pendant qu'elle le suçait, provoquant chez elle un cri étouffé.

— Tu as été très vilaine. Montre-moi que tu es désolée, dit-il en la fouettant à nouveau.

Elle faillit jouir sur-le-champ, son sexe gonflé et détendu, trempé tandis qu'elle allait et venait goulûment sur son sexe épais.

Il la fouetta encore et encore pendant qu'elle gémissait et frémissait en le suçant, le service sexuel le plus passionné qu'elle ait jamais octroyé à qui que ce soit.

— Vilaine, vilaine fille, dit-il en frappant plus fort.

Elle se servit de ses deux mains pour le caresser et le comprimer tandis que sa bouche lui apportait chaleur et humidité.

— Oh la vache, s'écria-t-il en l'attrapant par les cheveux pour la maintenir pendant qu'il éjaculait.

Elle leva les yeux et sursauta en réalisant qu'il avait tout filmé avec son portable. Furieuse, elle tenta de se dégager, mais il tint bon. Ils luttèrent un moment, et pile quand elle envisageait de se servir de ses dents, il la lâcha.

— Rouge, dit-elle d'un ton sec en se jetant sur le téléphone.

Il le leva hors de sa portée.

— C'est complètement malhonnête, dit-elle en se levant péniblement.

Ce salaud comptait sans doute poster la vidéo sous le titre « Critique Culinaire Suce le Cuisinier David Dean à Genoux. »

Il se leva à son tour et maintint le portable au-dessus de leurs têtes.

— Attends une seconde...

— Je suis certaine que c'est contraire au règlement du Château, sans parler de l'éthique BDSM la plus élémentaire.

De son bras libre, il l'attrapa par la taille, coinçant l'un de ses bras le long de son flanc.

Elle se contorsionna pour se libérer, mais il la serra contre lui, l'asseyant sur ses genoux alors qu'il se laissait tomber dans le fauteuil.

Elle ouvrit la bouche pour crier « oignon ».

— Attends, Portia, dit-il à la hâte. Tu peux l'effacer. Je voulais juste que tu la regardes. Que tu voies à quel point tu es sexy. Tiens, je te donne le portable. Mais regarde d'abord la vidéo.

Elle se raidit et se tourna vers lui pour le dévisager.

Il semblait sincère. Il plaça le téléphone dans sa main et appuya sur lecture.

Elle se renfrogna, car elle détestait se voir en photo ou en vidéo, ou même entendre sa voix sur les messageries. Au début, elle crut qu'il s'était trompé de vidéo. La femme – oui, c'était bien elle – ressemblait à une star du porno. Pas seulement à cause de sa nudité, même si cela aussi la surprenait, mais à cause de l'avidité avec laquelle elle se jetait sur son érection. Sans hésitation, sans la moindre honte. Puis la lanière s'abattit. Elle serra les fesses rien qu'en voyant la scène. C'était incroyablement excitant. Son sexe se remit à la lancer.

Il tapota l'écran, puis lui montra le symbole de la corbeille.

— Efface-la.

Elle pressa le bouton et appuya sur confirmer.

— Il n'y en a pas d'autres, mais je t'en prie, vérifie.

Elle passa sa bibliothèque photo et vidéo au peigne fin, mais il semblait dire la vérité.

— Je suis désolé, dit-il en la faisant tourner vers lui. Tu as raison, j'ai bafoué ta confiance et les règles les plus élémentaires. Mais tu étais tellement sexy que je voulais te le montrer. Je te jure que je ne l'aurais jamais gardée, et encore moins partagée avec qui que ce soit d'autre.

Elle le dévisageait pour déterminer si elle pouvait le croire.

— Portia, murmura-t-il en coinçant une mèche de ses cheveux derrière son oreille. Remets-toi à genoux.

Un courant électrique apparut entre eux. Elle savait qu'il la testait. Retomberait-elle sous son autorité ? Ou l'obligerait-elle à ramper encore un peu ? Une part d'elle voulait l'obliger à implorer son pardon. Ça lui plaisait de le voir plus humble. En fait, elle le trouvait même très charmant comme ça.

Mais elle n'était pas venue au Château pour être charmée. Et elle n'avait pas prévu d'être celle qui donnerait les fessées. Elle se laissa glisser par terre et se mit à genoux.

Il prit la tête de Portia entre ses deux mains et la tourna vers le haut pour l'embrasser sur le front. Lorsqu'il la relâcha, il lui fit signe de pivoter.

— Tourne-toi et montre-moi ton cul. Je veux admirer les marques. À genoux, sur les coudes, les fesses en l'air.

Le moment de pouvoir de Portia était fini. Elle retrouva son état d'esprit de soumise et prit la position décrite.

— J'ai quelques coups de fil à passer. Ne bouge pas avant que je t'en donne la permission.

Elle posa le front sur le sol, contente que le tapis protège ses genoux.

— Salut, c'est moi, dit-il dans son téléphone.

Une voix de femme lui répondit.

— Du nouveau ?

L'autre personne parla un long moment.

— Écoute, dit-il lorsque son interlocutrice s'interrompit. On ne vient pas demander la permission à papa quand maman a déjà dit non.

Portia se figea. Il avait un enfant ? Avait-il également une femme ? C'était quoi, ce bordel ? Elle n'avait aucun droit de se sentir trahie, et pourtant... Tout son corps s'était glacé. Elle avait envie de disparaître et d'oublier son étrange séjour au Château.

— Non. C'est Jerry qui commande pendant mon absence. Je refuse de saper son autorité, et tu ne devrais pas m'appeler derrière son dos pour essayer d'obtenir satisfaction. Ça ne me plaît pas du tout, Jess.

Portia se détendit. Pas d'enfant. Une employée. Il avait fait une métaphore. Et bon sang, la façon dont il dominait son employée lui donnait envie de jouir.

La personne au téléphone était en train de répondre, mais David l'interrompit :

— Je ne veux rien entendre, à part « désolé de t'avoir dérangé pendant tes vacances », et « bonne année ». Attends une seconde.

Portia poussa un petit cri lorsque David abattit plusieurs fois sa lanière sur ses fesses brûlantes. Il avait plein de place pour prendre son élan, à présent, et le cuir lui mordait la peau.

— Je t'ai dit de garder les fesses en l'air. J'attends de toi une obéissance parfaite, sinon tu recevras une sévère punition, c'est compris ?

— Oui, Monsieur, glapit-elle avant de se souvenir qu'elle ne devait pas parler.

Il ne releva pas son erreur, cependant, et retourna à son appel. Seigneur, son interlocutrice avait-elle entendu leur échange ? Elle avait beau ne pas connaître cette femme et ne pas pouvoir la regarder, l'idée que quelqu'un ait été témoin de cette scène la rendait honteuse.

— Merci, dit David dans son téléphone. Maintenant, arrête d'emmerder Jerry. Tout gérer en mon absence, c'est stressant pour lui.

Portia avait les jambes tremblantes à cause de la fessée, mais elle gardait le derrière levé et mourait d'envie de recevoir les attentions de son maître – sous quelque forme que ce fût.

— D'accord. Sois gentille, sinon tu auras affaire à moi quand je reviendrai... Très bien, bonne soirée. Ne me déçois pas. Au revoir.

∼

David raccrocha et admira Portia. Il avait une vue plongeante sur son sexe mouillé ainsi que ses fesses bien fouettées. Il lui donna plusieurs coups de lanière pour faire bonne mesure, puis il la saisit par les cheveux.

— Vilaine fille, gronda-t-il. Tu sais très bien que tu n'as pas le droit de parler sans mon autorisation. Je vais te sodomiser pour te punir.

Portia poussa une petite plainte.

Il se leva et alla chercher un tube de lubrifiant. À son retour, il ordonna :

— Mets les mains en arrière et écarte tes fesses pour moi.

Elle souleva le buste et se mit à genoux.

— Non, non. Repose ta tête sur le sol.

Elle se baissa par étapes, en appui sur les mains, puis sur les coudes, puis sur le buste, et enfin sur le front. Elle tourna la tête sur le côté, et ses grands yeux cillèrent. D'un geste hésitant, elle écarta ses fesses.

— Voilà, comme ça.

Toujours debout, il appuya sur le tube de lubrifiant, qu'il laissa simplement couler entre ses fesses. Elle sursauta, mais maintint sa position.

Il s'agenouilla derrière elle et fit le tour de son anus avec son pouce.

— Est-ce que tu as le droit de me parler sans demander la permission, petit animal ?

Elle fit tourner sa tête d'un côté puis de l'autre.

Il enfila un préservatif, qu'il lubrifia avant de se presser contre son anus.

— Inspire profondément.

Elle obéit.

— Expire en poussant.

Elle s'exécuta, et il la pénétra, allant doucement pour lui laisser le temps de se faire à la sensation.

Elle poussa un cri aigu d'une voix paniquée.

— Tu as été très vilaine, la rabroua-t-il. Tu dois accepter ta punition. Glisse la main entre tes jambes et trouve ton clitoris.

Elle se lâcha les fesses et se mit à se caresser. Il entremêla ses doigts aux siens pour vérifier si elle était excitée. Elle était trempée. Il se mit à reculer, mais elle poussa une autre plainte alarmée.

— Chut, détends-toi, esclave.

Réalisant que son périnée était trop étiré dans la position qu'il lui imposait, il l'enlaça pour que leurs corps soient collés l'un à l'autre, et il murmura :

— Allonge-toi sur le ventre.

Comme elle restait immobile, il la poussa vers l'avant. Elle prit une grande inspiration, mais se laissa glisser. Une fois allongé sur elle, il se mit à onduler.

Cette fois, les cris de Portia semblaient plus langoureux, débarrassés de leur note aiguë. Il garda son pelvis pressé contre ses fesses échauffées, allant et venant en elle dans de petits mouvements. Les gémissements de Portia devinrent avides, puis impatients.

Il perdit peu à peu le contrôle, les muscles crispés, leurs corps brûlants. Elle était tellement bonne. Ses fesses rebondies, son canal étroit, ses jambes qui s'agitaient sous les siennes.

Elle lui attrapa les poignets, ses ongles plantés dans sa peau.

— Je suis en train de baiser... ton petit cul... désobéissant, dit-il les dents serrées en enchaînant les coups de reins.

— Ouiiiii, s'exclama-t-elle, avant de haleter. Désolée, vraiment désolée. Pardon.

Il se mit à aller de plus en plus vite, en veillant toujours à ne pas lui faire de mal. Il se contracta, incapable de contenir son orgasme.

— Portia...

Il s'enfonça profondément entre ses fesses et jouit.

— Aaaah... aaah, gémit-elle d'une voix aiguë en lui serrant les poignets encore plus fort.

Il se laissa tomber sur elle, avant de se retirer et de rouler sur le côté, le corps tremblant de Portia contre son torse.

— Mon petit animal de compagnie, susurra-t-il en caressant la courbe élégante de son épaule. Viens, allons au lit.

Il l'aida à se glisser sous les draps et colla de nouveau son corps au sien. Promenant les doigts sur sa peau douce, il la savourait, ravi de ce moment d'intimité.

Elle se mit à respirer plus lentement, plus profondément, et il réalisa qu'elle s'était endormie. Il la garda blottie contre lui un moment, mais il finit par se lever et lui laisser un mot.

Ma petite esclave,

J'ai quelques trucs à faire.
<u>Reste là !</u>
Je reviens bientôt.

Maître D

Il prit son téléphone et son ordinateur et se rendit au rez-de-chaussée, dans la salle Arc-en-Ciel, le seul endroit du Château avec la Wi-Fi et un bon réseau. Malgré son nom, la pièce n'était pas peinte aux couleurs de l'arc-en-ciel. Il avait appris lors de sa dernière visite que l'espace était nommé ainsi car toutes les couleurs de bracelet s'y retrouvaient.

Ici, les domestiques désobéissantes pouvaient se faire pardonner en jouant les esclaves pour un inconnu pendant une heure, alors il y avait toujours de l'animation. En cet instant, une soubrette était allongée sur les genoux d'un dominateur enthousiaste qui la fessait de bon cœur. Une autre taillait une pipe à un homme pendant qu'un autre la prenait par-derrière. Dans un coin, un domestique était debout face au mur, son pantalon baissé.

David avait à l'occasion passé du temps avec de vilaines soubrettes dans la pièce arc-en-ciel, mais cette fois, seule Portia l'intéressait. Il se glissa dans la salle multimédia, plus calme, et trouva un fauteuil pour travailler un peu. Il consulta ses mails, passa des coups de fil et passa en revue les bénéfices des deux soirs précédents.

Quand il eut terminé, il regagna sa chambre pour admirer Portia. Elle dormait à poings fermés, ses cheveux noirs en éventail sur l'oreiller, et son corps mince paraissait petit et vulnérable sur le lit. Il avait une envie soudaine de se glisser sous les draps pour l'enlacer. D'être son protecteur face aux dangers de ce monde. Mais c'était insensé. C'était Portia Sands, la critique culinaire snobinarde, pas une douce jeune femme vulnérable. Et ils n'avaient toujours pas réglé leurs différends. Il se concentra là-dessus et se rendit dans le seul endroit où il se sentait toujours à sa place : les cuisines.

Le Château proposait trois expériences culinaires différentes : le buffet, le café et la *Table du Maître*, seulement pour le dîner. Il se rendit à cette dernière pour chercher le cuisinier.

Il allait tester Portia. Si elle se croyait assez experte en cuisine pour se permettre de le critiquer, il allait voir si elle serait à la hauteur de son épreuve.

CHAPITRE 5

*P*ortia étira son corps raide, profitant de la literie luxueuse. Ses fesses endolories la ramenèrent aussitôt sur terre, et elle ouvrit les paupières, cillant face aux rayons du soleil qui baignaient la pièce.

— Viens là, esclave.

L'ordre prononcé avec douceur l'informa de l'emplacement de David. Il était dans le même fauteuil que ce matin-là, les jambes croisées avec une élégance nonchalante.

Elle jeta un coup d'œil à l'horloge. Midi. Elle avait dormi au moins deux heures. Avait-il dormi, lui aussi ? Ou l'avait-il laissée se reposer en l'attendant tout ce temps ?

Elle glissa les jambes hors du lit à baldaquin et le rejoignit pieds nus. Elle allait s'agenouiller, mais il la prit par le poignet et l'assit sur ses genoux.

— Tu te sens reposée ?

Elle hocha la tête, sans vraiment le regarder dans les yeux. Il la saisit par le menton et s'empara de sa bouche avec une possessivité qui attisa les flammes de son désir. Sa langue caressait la sienne, ses lèvres l'exploraient. Une chaleur envahit son entrejambe, et elle se blottit contre lui pour lui rendre son baiser.

Il recula et sourit.

— Il faut qu'on te trouve une autre tenue pour aujourd'hui.

Il la mit debout et lui donna une tape sur les fesses.

— Mets tes bottes et va chercher ton harnais et ta laisse.

Elle trouva ses chaussures et les enfila sur ses chaussettes de la veille. Elle passa la pièce en revue, et ses yeux se posèrent sur les lanières de cuir noir qui composaient le harnais. Elle le ramassa, ainsi que la laisse, et apporta le tout à son maître.

— Tourne-toi.

Il lui mit le harnais et y fixa la laisse dans un cliquètement menaçant.

— On y va.

Elle s'arrêta. Oh, non. Voulait-il qu'elle se balade en pleine journée seulement vêtue d'un harnais et d'une laisse ?

Une vive tape sur sa fesse droite la fit sursauter.

Elle pivota et s'appliqua à lui adresser son air de chien battu le plus convaincant.

Il secoua la tête.

— Désolée, petite. C'est ta tenue. Le temps qu'on arrive à la Garde-Robe, en tout cas. Maintenant, bouge-toi.

Il la frappa pile au même endroit.

Elle n'avait jamais été le genre de soumise à jouer les « sales gamines », mais elle avait envie de bouder. Non que cela la mène bien loin. David n'avait pas l'air de céder facilement. À contrecœur, elle se dirigea vers la porte, qu'il lui ouvrit. Il tira sur sa laisse, la projetant contre son torse. L'une de ses grandes mains se plaqua sur sa fesse droite. Ils avancèrent ainsi, Portia guidée par la pression qu'il exerçait sur sa chair, comme s'il menait un tango. Cela ne la dérangeait pas, car cela lui évitait de penser à sa honte à l'idée de marcher toute nue.

Une fois dans la Garde-Robe, elle poussa un soupir de soulagement. C'était prématuré, bien sûr. Elle ne savait pas quel genre de tenue il lui réservait ce jour-là. Et elle ignorait si elle espérait subir le mélange de douleur et de plaisir d'un autre plug à queue.

— Bonjour, je m'appelle Janice, leur lança une employée guillerette avec un sourire aimable.

— Bonjour, Janice. J'aimerais voir votre sélection pour animaux de compagnie.

Janice jeta à Portia un regard appréciateur de la tête aux pieds, et elle rougit.

— Un animal en particulier ?

— Pas un poney. Un chat ou un chien, s'il vous plaît.

Lorsqu'elle s'éloigna, David pinça l'un des tétons dressés de Portia.

— Ça te plaît d'être admirée par une autre femme, hein ? lui murmura-t-il à l'oreille.

Ses joues s'empourprèrent davantage, et elle baissa les yeux en secouant la tête.

Il lui donna une claque sur les fesses.

— Ne mens pas.

Janice revint, les bras chargés de boîtes qu'elle posa par terre et se mit à ouvrir. Elle en sortit des demi-pulls avec des bottines assorties dignes d'un chihuahua, ainsi que des jupes froufroutantes ultra-courtes.

David passa la sélection en revue.

— Essayons celle-ci, dit-il.

Il brandit une combinaison en latex noir de Catwoman, pile ce que Portia s'était imaginé lorsqu'elle avait choisi le surnom « Kitty ».

Janice l'aida à l'enfiler, tirant sur le latex qu'elle referma avec des pinces dans son dos, comme le font les vendeuses de robes de mariée lorsqu'elles font essayer une robe trop grande à une femme menue. Le pantalon lui allait parfaitement et moulait la moindre de ses courbes.

Janice sortit une cagoule, mais David l'arrêta.

— Non. J'aime la prendre par les cheveux.

— Des petites oreilles ?

— Non. Elle est parfaite comme ça.

Il abattit la main sur les fesses de Portia, moulées dans le latex.

— Mmm, j'aime bien le bruit que ça fait.

Il frappa encore et encore, avec assez de force pour qu'elle doive se hisser sur la pointe des pieds. Le latex atténuait un peu la douleur, et seule une douce chaleur envahissait les points d'impact. Il la prit par la taille pour l'empêcher de perdre l'équilibre et poursuivit sa fessée sonore, attirant les rires et les regards des autres pensionnaires du Château.

— Ton cul est... tellement... bon à fesser dans cette combinaison, dit-il en lui assenant une tape cinglante à chaque mot.

Elle gémit.

— Tu aimes ça, hein ? demanda-t-il sans cesser de la fesser.

Oh, que oui. Elle adorait ça. Elle était trempée d'excitation.

Il s'interrompit et lui palpa les fesses avec ses doigts fermes, tandis que son autre main se faufilait devant elle pour pousser la couture rigide du pantalon contre ses parties gonflées.

Elle poussa un cri de plaisir et plaqua sa main sur celle de David pour appuyer sur ses doigts.

— Désolé, Kitty. Ce plaisir, tu dois le mériter.

Il ôta sa main et celle de Portia tout en lui infligeant quelques claques supplémentaires sur les fesses.

— Allons-y.

Il fixa la laisse au collier inclus avec la combinaison.

Il la mena dans le couloir en direction de la *Table du Maître*, le restaurant chic qui n'ouvrait que le soir.

Si elle avait eu le droit de parler, elle en aurait informé David, mais comme elle n'en avait pas reçu la permission, elle dut attendre qu'il ouvre la porte et se retrouve dans une pièce noire et silencieuse.

Elle s'arrêta sur le seuil et le regarda.

— Vas-y, entre, dit-il en lui donnant une tape sur le derrière. On va dans la cuisine. Il est temps de voir si la critique culinaire sait cuisiner.

L'expression de Portia valait le détour. Elle se figea et digéra cette nouvelle les yeux écarquillés. Elle jeta un regard vers la cuisine, avant de se tourner de nouveau vers lui. Elle secoua lentement la tête.

Il la poussa à avancer.

— Ne dis pas non. C'est ce qu'on appelle faire ses preuves.

Elle s'arrêta et pivota de nouveau, secouant la tête avec des yeux implorants, cette fois.

— Je sais, moi non plus je n'aimerais pas être pris au dépourvu comme ça, à ta place. Mais je vais te répéter ce que je t'ai dit hier soir : il y a toujours un retour de bâton.

Il la prit par les hanches et l'obligea à entrer dans la cuisine.

Il avait dû faire preuve de doigté, mais il avait réussi à convaincre la cuisinière en chef, Connie, de le laisser prendre le contrôle de sa cuisine, à condition qu'ils préparent le dîner.

Il poussa Portia dans la pièce. Un cuisinier était en train de décortiquer des crevettes.

— Bonjour, Aiden. Je vous présente Kitty. Elle va préparer le dîner de Nouvel An.

Portia se tourna vers lui d'un air paniqué.

Il se contenta de lui sourire et de la pousser en avant.

— Enchanté, Kitty, dit Aiden. Qu'est-ce que vous allez nous préparer ?

Elle jeta un regard à David par-dessus son épaule.

— Tu peux parler.

Ses épaules affaissées le firent rire. Visiblement, elle aurait préféré ne pas avoir à répondre.

— Je n'en suis pas sûre, Aiden.

— Connie a dit que vous pouviez utiliser tous les ingrédients de la chambre froide, du moment que vous notez ce que vous prenez. Il y a des toques et des vestes propres près de la porte. Je finis ce que je suis en train de faire, et je vous laisse tranquille, sauf si vous avez besoin de moi.

— Non. On va s'en sortir, assura David. À quelle heure arrive le personnel pour la préparation du dîner ?

Aiden regarda sa montre.

— À quinze heures. Donc vous avez quelques heures tout seuls, dit-il avec un clin d'œil. Honnêtement, je suis très surpris que Connie ait laissé un autre cuistot investir sa cuisine. Vous devez avoir de l'influence, par ici.

Aiden quitta la pièce, et David alla chercher deux toques et deux vestes blanches. Il tendit sa tenue à Portia.

— Commençons par le déjeuner, dit-il en écartant les bras pour montrer l'ensemble de la cuisine. Prépare-moi à manger, ô, experte de la nourriture.

Elle le fusilla du regard et resta immobile. Il haussa les sourcils. Elle soupira et pivota, mais sans but, observant les lieux d'un air abattu.

— La chambre froide se trouve là-bas, indiqua-t-il avec un geste du menton.

Elle fit un pas dans cette direction, puis s'arrêta pour le regarder.

— Tu peux parler. D'ailleurs, je t'autorise à prendre la parole tant que tu seras dans cette cuisine. Sauf si je te retire la permission, bien sûr, dit-il avec un sourire en coin.

— Qu'est-ce que tu veux que je te prépare ?

Avec un rictus, il haussa les épaules.

— C'est à la cuisinière de voir.

Elle avait un air dérouté, comme si elle ne savait pas qui était la cuisinière en question. Ses joues prirent une jolie teinte rosée. Elle lui jeta un regard nerveux, puis ouvrit la chambre froide et pénétra à l'intérieur.

— Ferme la porte derrière toi, sinon tout l'air froid va en sortir, la gronda-t-il.

— Hors de question. Je sais comment ça se finit, ce genre de scénario.

Il rit, surpris qu'elle fasse de l'humour.

— Je te promets de ne pas t'enfermer à l'intérieur. Ce n'est même plus possible, d'ailleurs.

Elle devrait le savoir, non ? Avait-elle vraiment si peu d'expérience en cuisine ?

Il attendit très longtemps qu'elle ressorte de la chambre froide. Lorsqu'elle réapparut, elle avait plusieurs boîtes dans les bras. Sans le regarder, elle alla poser ses victuailles sur le plan de travail le plus éloigné et sortit une planche à découper d'une étagère.

Il la rejoignit d'un pas bondissant tandis qu'elle sortait une poire de l'un des contenants et la rinçait. Sans lui prêter attention, elle prit un couteau sur la bande magnétique et se mit à trancher le fruit très finement. Il la regarda faire. Loin d'être adroite, la main sur le couteau tremblait, et la main qui tenait la poire laissait le fruit lui échapper.

Il aurait dû jubiler. C'était pile ce qu'il avait voulu : échanger les rôles, et critiquer sa cuisine. Sauf que le sérieux de Portia face à sa tâche enlevait tout le côté amusant. La voir aussi perturbée faisait ressortir l'autre face du dominateur : son besoin de protéger et de réconforter.

Il couvrit sa main tremblante avec la sienne.

— N'aie pas le trac, murmura-t-il derrière elle. Je ne suis pas difficile à satisfaire. J'aime manger, moi, contrairement à certaines critiques de ma connaissance.

Elle fronça les sourcils, sans le regarder.

— Qu'est-ce que tu prépares ? lui demanda-t-il en lui lâchant la main.

Elle se remit à couper le fruit.

— Une salade de poulet à la roquette et à la poire.

— Mmm, dit-il, incapable de se montrer critique. Ça a l'air bon.

Elle n'ajouta rien pendant qu'elle préparait sa salade basique ; le genre de salade avec des moitiés de raisin et des noix de pécan, accompagnée de mayonnaise et de quelques épices pour donner un peu de goût. Elle la servit sur un lit de roquette, avec les tranches de poire disposées en éventail au milieu.

Elle lui tendit son plat avec une fourchette, préférant toujours garder le silence, bien qu'il lui ait permis de parler.

— Où est la tienne ?

Elle se prépara une assiette et se plaça face à lui.

— Tu ne comptes pas y goûter ? lui demanda-t-elle d'une voix chevrotante.

Il prit une bouchée et la mastiqua.

— C'est bon, dit-il.

Elle semblait vaguement déçue.

— Quoi ? Tu veux la critique complète ?

— Oui, dit-elle d'un ton décidé.

— Très bien. La présentation est artistique, et les saveurs vont bien ensemble. La salade de poulet en elle-même n'a rien d'original, mais les épices et la roquette associées à la poire sucrée réveillent le tout. Bravo.

Elle le regardait fixement, bouche bée.

— Quoi ? demanda-t-il en prenant une deuxième bouchée. Tu pensais que j'allais détester ?

— Eh bien... oui.

— Tu te trompais, dit-il simplement en prenant une troisième bouchée.

Elle continuait de le regarder manger, l'air toujours incertain.

— Mange, ordonna-t-il. *Mangia.*

Elle leva les yeux vers lui.

— C'est de l'italien ?

Il sourit.

— Oui. C'est ce que me disait ma mère, quand elle me donnait mon assiette.

Il aimait bien la façon qu'elle avait de l'observer, comme si elle voulait le découvrir.

Il finit son assiette et la lui tendit.

Elle lui jeta un regard noir, et il haussa les épaules.

— C'est toi l'esclave.

Sans répondre, elle alla mettre leurs assiettes et le saladier dans l'évier, sans savoir comment les nettoyer.

— Mets-les dans le panier, et glisse-le dans le lave-vaisselle.

Il se pencha derrière elle pour fermer la porte du lave-vaisselle et lancer un cycle de cinq minutes.

— Combien d'expérience tu as en restaurant, au juste ?

L'expression de Portia se durcit. Elle ne répondit pas.

Il secoua la tête.

— Non, ma belle. Tu n'as pas le droit de garder le silence quand je te pose une question et que tu as la permission de parler.

Un rougissement lui monta dans le cou, les oreilles et les joues.

— Ça n'a pas marché pour moi, d'accord ? dit-elle d'un ton cinglant.

Il haussa un sourcil.

— Je ne suis pas sûr d'aimer que tu me parles comme ça.

— Vous avez besoin d'aide pour contrôler votre esclave ? lança une voix.

La porte s'ouvrit, et Connie, la cuisinière en chef, entra. Elle était féroce, avec des airs de général, et il avait vraiment eu du mal à la convaincre d'utiliser sa cuisine.

— Peut-être bien, répondit-il.

Il jeta un nouveau regard à Portia, qui écarquilla les yeux. Il la souleva par la taille et l'assit sur le plan de travail. Dans un murmure qu'elle seule pouvait entendre, il lui demanda :

— Ça te plairait d'être fessée par une femme ?

Elle n'avait pas listé cette pratique dans ses centres d'intérêt, mais cela ne voulait pas dire que ce n'était pas à son goût.

Portia secoua vivement la tête.

— Et par un autre homme, sous mes yeux ?

Elle hésita, avant de secouer la tête à nouveau.

— Tu mens, la rabroua-t-il.

Il se tourna vers Connie et ajouta :

— Pas cette fois, mais merci.

La cuisinière s'approcha, les mains sur les hanches.

— Je ne suis pas sûre que l'inspecteur sanitaire apprécierait de voir des fesses sur mon plan de travail.

Il sourit.

— Elles sont couvertes. Le latex sur le plan de travail, ça n'enfreint aucun règlement. Faites-moi confiance, j'ai vécu autant d'inspections que vous.

Connie produisit une sorte de reniflement.

— Vous m'aviez promis de traiter ma cuisine avec le plus grand des respects.

— C'est vrai, et je compte tenir parole. Kitty s'apprête à élaborer le menu du Premier de l'an.

Connie semblait dubitative.

— Je prends la propreté très au sérieux. Pas d'échanges de fluides dans cette pièce. Et pas de fesses nues. Compris ?

Il hocha la tête.

— Pas de fesses nues, pas de fluides. Vous avez ma parole, dit-il avec un clin d'œil.

Elle renifla à nouveau, mais quitta la pièce.

Il fit descendre Portia du plan de travail.

— On ferait bien de se tenir à carreau, sinon notre geôlière nous donnera une fessée à tous les deux, grommela-t-il.

Elle gloussa, et son sourire était tellement adorable qu'il dut l'effacer d'un baiser passionné.

— Très bien, Madame la journaliste. C'est quoi le plan pour ce soir ?

Le sourire de Portia s'envola, et elle se remit à plisser le front.

— Écoute... je... je ne peux vraiment pas, dit-elle d'une voix implorante. Enfin, je ne...

— Tu n'as pas le choix, coupa-t-il d'un ton implacable. C'est toi qui prépareras le plat du chef de ce soir, et il sera servi sous ton vrai nom. Alors si tu veux que tes articles restent crédibles, tu as intérêt à assurer.

~

Oh, Seigneur. Elle n'arrivait pas à respirer. Il fallait qu'elle sorte de cette cuisine. D'ailleurs, elle avait envie de prendre le premier bus pour le centre-ville. C'était insensé.

Un vertige s'empara d'elle, et elle dut s'agripper au comptoir pour ne pas tomber.

— Qu'est-ce qui ne va pas ? Tu as peur que quelqu'un critique ta cuisine comme tu le fais dans tes articles ? railla David. Ne t'en fais pas. La plupart des gens aiment manger des bons petits plats, même si le vin est trop tiède d'un degré.

Elle fit quelques pas en arrière, en direction de la porte.

— Où crois-tu aller comme ça ?

Il se matérialisa à ses côtés comme par magie pour lui bloquer la sortie.

— Tu as un repas pour quarante personnes à préparer.

— Quarante personnes ? répéta-t-elle, stupéfaite.

— Oui. Il y aura entre cinquante et cent convives à la *Table du Maître*, mais tout le monde ne choisira pas le plat du chef. Bien sûr, c'est le Premier de l'an, alors les gens s'attendront à quelque chose de particulièrement exquis.

Un autre étourdissement la parcourut. Elle en était tout simplement incapable. Elle ne savait pas comment cuisiner pour quarante personnes, et elle n'avait aucune idée du plat à confectionner.

— Je ne peux pas, répéta-t-elle. Je...

Il fallait qu'elle lui dise la vérité. Elle prit une inspiration.

— Maître D ?

— Oui, esclave ?

— Mon expérience se limite à la cuisine de mon appartement. Je ne cuisine que pour moi.

Il la regarda d'un air insondable.

— Alors... tu n'as jamais travaillé dans un restaurant ?

Elle secoua la tête.

— Jamais jamais ?

— Deux mois, admit-elle, regrettant de devoir évoquer cette expérience désagréable. C'est tout.

Il s'adossa au plan de travail et croisa les bras.

— Que s'est-il passé ?

Maudit soit-il. Qu'est-ce qui lui faisait croire qu'il s'était passé quelque chose ? Elle secoua la tête.

— Ce n'était pas fait pour moi, c'est tout.

— Comment ça, pas fait pour toi ? Tu estimais que tu valais mieux que ça, alors tu as décidé de critiquer les cuisiniers ?

— Non ! Je... Ce n'était pas une expérience agréable, d'accord ? Je n'aimais pas les gens avec qui je bossais.

Il la regarda d'un air sceptique.

— Tu penses que ce travail est au-dessous de toi ?

— Non, répliqua-t-elle d'un ton cassant. Au contraire. Mais on n'a pas tous des parents dans le milieu pour nous ouvrir les portes de leur resto. Il y en a qui doivent commencer au plus bas niveau.

— Oh, arrête avec ces conneries. Mes parents tenaient un petit restaurant italien de quartier, je ne suis pas né avec une cuillère en argent dans la bouche. J'ai commencé par bosser dur en cuisine, et je continue à le faire.

Elle s'avachit contre le plan de travail alors qu'un autre de ses préjugés contre David Marone partait en fumée.

— Je suis désolée, dit-elle d'une petite voix. Je... je

n'imaginais pas ça. Je croyais que tu venais d'une famille riche.

— Qu'est-ce qui s'est vraiment passé, Portia ? Pourquoi avoir quitté la cuisine ? Je ne comprends pas. Pourquoi est-ce que tu t'infligerais un an d'école de cuisine, tout ça pour quitter ton premier poste au bout de deux mois ? Tu n'avais jamais travaillé dans un restaurant avant ça ?

Elle secoua la tête d'un air malheureux.

— Non, murmura-t-elle. J'aimais juste cuisiner. Après la fac, je ne savais pas quoi faire avec mon diplôme de sociologie, alors je me suis inscrite à l'école de cuisine.

— Et ensuite ?

— Ensuite, j'ai été engagée au *Viviano*, et ça ne m'a pas plu, c'est tout.

Il lui jeta un drôle de regard, mais par bonheur, il n'insista pas.

— Bon, je ne te laisserai pas t'en tirer comme ça. C'est toi qui décideras du plat de ce soir et qui le prépareras, alors je te conseille de trouver une idée sans tarder, avant que l'équipe arrive et que ce soit la pagaille.

L'estomac de Portia se serra.

— Pourquoi moi ? C'est toi le chef cuisinier.

Il la fusilla du regard.

— Sérieusement ? Tu me poses la question ?

Elle se voûta.

— Non, Monsieur.

— Bien. Maintenant, active-toi.

Qu'allait-elle bien pouvoir faire ? Elle ne savait pas du tout comment mettre au point un menu ou choisir un plat adapté. Elle regarda autour d'elle d'un air paniqué, comme si des ingrédients allaient bondir vers elle.

— La nourriture se trouve dans la chambre froide, dit-il d'un ton sarcastique.

— Je sais, rétorqua-t-elle, sur la défensive. Monsieur.

— Alors, tu as une idée ?

— Euh... peut-être... une soupe froide de framboises ? suggéra-t-elle d'un ton désespéré.

David haussa les sourcils.

— Tu n'as pas peur que ce soit écœurant ? C'est un château BDSM, pas un restaurant français prout-prout.

Elle déglutit.

— Je n'en sais rien.

— Si, tu sais. Tu écris des articles de cuisine. C'est toi l'experte en dîners chics. Qu'est-ce que tu voudrais manger pour le Réveillon, toi ?

— Je n'en sais rien ! s'écria-t-elle.

Des sueurs froides lui coulaient sur les côtes. Son cerveau était à l'arrêt. Tout ce qu'elle savait, c'était qu'elle ne savait pas ce qu'elle faisait. Et que toutes ses tentatives échoueraient probablement.

Il la prit par la main et la mena jusqu'à la chambre froide. Elle freina des quatre fers.

— Je ne peux pas faire ça... Je ne peux vraiment pas, dit-elle les yeux embués.

Le visage de David devint dur. Sans lui lâcher la main, il prit une grande cuillère en bois et la traîna dans l'autre direction, jusqu'à la salle de restaurant. Il s'assit sur une chaise et l'allongea sur ses genoux. Sans dire un mot, il se mit à la fesser vite et fort avec son ustensile.

— Aïe, s'exclama-t-elle en se tortillant.

Comme elle n'était pas d'humeur pour cela, c'était beaucoup plus douloureux que quand elle était excitée. Il la maintenait fermement contre lui, et il repoussa ses pieds lorsqu'elle se mit à agiter les jambes sans le vouloir. Il enchaînait les coups sans ralentir ni s'interrompre.

— Portia, dit-il, lui faisant oublier de compter les claques, déjà au nombre de 150.

Elle n'était pas capable de lui répondre.

— De toutes les punitions que je t'ai données et que je te donnerai à l'avenir, je ne m'attendais pas à ce que ce soit le fait de cuisiner qui te fasse craquer.

L'entendre dire qu'elle avait craqué la mit en colère. Lorsqu'il la mit debout face à lui, elle rétorqua :

— Je n'ai pas craqué.

Elle fondit aussitôt en larmes, prouvant qu'il avait vu juste.

Sans se laisser émouvoir, il baissa le pantalon en latex et la coucha de nouveau sur ses genoux. Il continua de fesser sa chair endolorie avec la grande cuillère en bois.

— Non, sanglota-t-elle tandis que ses larmes s'écrasaient au sol.

— Encaisse ta fessée, dit-il, mais avec douceur.

Sa cuillère, elle, n'avait rien de doux.

Elle pleurait sur ses genoux alors qu'il continuait de la fesser impitoyablement. Quand enfin, il décida qu'elle avait assez souffert, il la souleva et lui remit son pantalon. Il l'assit sur ses genoux et la blottit contre son épaule.

Elle était secouée par de gros sanglots. Pas de jolies larmes féminines, mais des hoquets déchaînés. Quand ils se calmèrent, elle souleva la tête.

— Je te déteste, cracha-t-elle.

∼

Il haussa des sourcils surpris, mais parvint à cacher sa réaction, continuant de tracer de lents cercles dans son dos.

Pourquoi la cuisine était-elle un sujet aussi sensible pour elle ?

Il sécha ses larmes avec son pouce.

— Qu'est-ce qui te fait si peur, Portia ?

Elle lui jeta un regard noir et renifla.

— Rien.

Il lui caressa la cuisse, le genou.

— Est-ce que c'est moi ? Mon jugement ? Parce que je ne suis vraiment pas comme ça. J'ai beau te taquiner, j'étais sérieux, pour le déjeuner. Ça m'a plu.

Elle braqua le regard sur la moquette, les sourcils froncés.

— Ou bien c'est parce que j'ai dit que ton nom serait cité ?

Elle haussa vaguement les épaules.

— Tu crois que tes plats seront mauvais au point de détruire ta carrière ? Allons, c'est idiot.

Une nouvelle larme lui roula sur la joue.

— C'est vraiment ça ? Tu as tellement peur de l'échec que tu préfères ne pas essayer ?

Elle affronta son regard, alors, et ses yeux baignés de larmes lancèrent des éclairs.

— C'est pour ça que tu es devenue critique culinaire, Portia ? Pour souligner les défauts des autres, sans jamais échouer toi-même ?

— Va te faire voir !

— Hé, dit-il d'un ton apaisant. Je n'irai nulle part. Je vais rester là à t'embêter jusqu'à ce que tu te décides à retourner cuisiner avec moi.

Sa lèvre inférieure se mit à trembler.

— *Avec* toi ?

— Ouais. Je te soutiendrai. Je t'aiderai. Mais la vedette, c'est toi.

Elle secoua aussitôt la tête.

— Je ne peux pas.

Il la prit par le menton et soutint son regard.

— Je ne te laisserai pas échouer, dit-il.

Elle le dévisagea, et laissa apparaître quelque chose qui ressemblait à de la surprise.

— Je te le promets, insista-t-il.

Avant qu'elle puisse refuser à nouveau, il la souleva de ses genoux et prit sa main et la laisse pour la mener dans la cuisine.

Elle renifla et s'essuya les yeux tout en lui jetant des regards, qu'il ignorait. Il l'emmena dans la chambre froide et l'enlaça par-derrière.

— Bon. Choisis le plat principal. Je suppose que le bœuf et la volaille sont bien frais et achetés à des producteurs locaux, ici. Les fruits de mer arrivent sans doute congelés.

— Des steaks ? demanda-t-elle en se contorsionnant pour le regarder.

Il haussa les épaules.

— À toi de me le dire. C'est ton dîner. Moi, je suis seulement là pour te donner un coup de main.

Elle semblait hésiter.

— Ne fais pas ton choix en fonction de ce qui sera le plus impressionnant, ou de ce que tu sais déjà faire. Choisis ce que tu aimerais manger ce soir, si je t'invitais dans un bon restaurant.

Elle rougit, comme si la perspective d'un rendez-vous avec lui était plus troublante que tout ce qu'il lui avait déjà infligé. C'était tellement mignon qu'il ne put s'empêcher de lui voler un baiser, ses lèvres pressées contre sa tempe. Elle le regarda d'un air émerveillé.

— Alors, tu commanderais un steak ?

— Je commanderais peut-être de l'agneau, s'il était bien cuisiné.

— Ah, on avance. Voyons ce qu'ils ont.

Il la lâcha et se mit à fouiller dans les réserves.

— Ils ont des carrés d'agneau. La viande est congelée, mais ce n'est pas grave.

Elle le rejoignit et jeta un regard dans le contenant.

— Combien y en a-t-il ?

Il regarda l'étiquette.

— La caisse est censée en contenir vingt-quatre, mais elle n'est pas pleine, dit-il en la secouant. Je dirais qu'il y en a entre dix-huit et vingt. C'est suffisant pour un plat du chef. On peut servir trois côtelettes par assiette, et comme chaque carré en contient sept, on en aura assez pour environ quarante-cinq personnes. Et s'il n'y en a plus, eh bien, il n'y en aura plus.

Les grands yeux verts pailletés d'or de Portia se posèrent sur lui avec une émotion proche de l'admiration, ou de la reconnaissance. Il se sentit envahi par la chaleur et une sensation de puissance virile, mais très différente de ce que lui apportait la domination. Il avait plutôt l'impression d'être son mentor, ce qui était plus ou moins le rôle qu'il jouait avec les employés de son restaurant. Il se demanda ce que cela ferait, de l'avoir dans son équipe, avant de secouer la tête. D'où sortait cette idée ?

— Bon, dit-il en s'éclaircissant la gorge. Comment tu voudrais ton agneau ?

— Avec une demi-glace à la myrtille ?

Il ne put contenir son sourire. Ses doutes le charmaient. C'était tellement inattendu, de la part d'une soumise résistante et critique acerbe.

— Pourquoi tu me poses la question ? C'est ton plat.

Comme elle semblait toujours en proie au doute, il ajouta :

— Va voir s'ils ont des myrtilles.

Elle passa en revue la section fruits et légumes.

— Oui, ils en ont, annonça-t-elle en lui montrant une grande caisse. Elles ne sont ni bio ni locales, par contre.

— Vérifie dans les surgelés, parce que les myrtilles sauvages ont bien meilleur goût, et pour une sauce, le fait qu'elles soient fraîches ou congelées n'a pas d'importance.

Elle fouilla dans les surgelés.

— Oui, dit-elle d'une voix enthousiaste. Des myrtilles sauvages bio.

— Super. Elles seront parfaites.

Elle empila des sachets de myrtilles sur la caisse d'agneau.

— Qu'est-ce qu'il nous faut d'autre ? s'enquit-elle.

Il sourit.

— À ton avis ?

— Des oignons ? Du vin... ou bien du vinaigre balsamique, plutôt ?

— Oui, répondit-il en soulevant la caisse. Des échalotes, c'est encore mieux. J'aurais dit du porto, mais tu as raison, le vinaigre balsamique, c'est bien aussi. Ça dépend de ce que tu sers en accompagnement. S'il y a des légumes verts, alors choisis le vinaigre.

— J'avais pensé à des pommes de terre et des haricots verts. C'est trop banal ?

— Laisse-moi te dire un truc : il n'y aura pas de critique culinaire comme Portia Sands au dîner. Enfin, sauf celle dans ta tête, qui fait tout pour te compliquer la tâche. Et si tu lui disais d'aller voir ailleurs, histoire qu'on se mette au travail ?

Portia rougit et battit des cils.

Il quitta la chambre froide, lui évitant de devoir trouver une réponse. Dans la cuisine, il se lava les mains, déballa l'agneau et le dégraissa, avant de le jeter dans deux grosses poêles à frire.

Portia émergea avec des échalotes et une caisse pleine de haricots verts. Elle se lava de nouveau les mains, sortit la planche à découper et le couteau propre du lave-vaisselle, et se mit à trancher les échalotes.

— Combien ? demanda-t-elle.

Il en sortit plusieurs poignées de la caisse et les posa à côté de la planche à découper.

— Tout ça. Et ensuite, tu pourras les jeter dans ces poêles.

Elle hocha la tête et se mit au travail, tête baissée, l'air sérieux.

— Il nous manque un peu de musique, dit-il.

Il regarda partout dans la pièce. Il trouva une radio, qu'il alluma avant de tomber sur une station qui passait Mumford and Sons.

— Qu'est-ce que tu en dis ? demanda-t-il, abandonnant son rôle de dominateur pour devenir attentionné.

— J'adore cette chanson, grommela-t-elle, comme si se dévoiler l'embêtait.

— Dans ce cas, détends-toi et danse !

Il agita son couteau pour lui envoyer un morceau de beurre. Il se colla à la joue de Portia.

Elle le chassa, concentrée sur son travail.

David lui envoya un nouveau projectile, qui atterrit cette fois sur son nez.

Elle tourna vivement la tête vers lui en faisant mine d'être outrée.

Il éclata de rire et lui jeta un nouveau morceau de beurre d'un mouvement adroit du poignet.

Elle ramassa une poignée d'échalotes tranchées et les lui jeta sur le torse.

— Oh oh, dit-il en riant et en agitant son couteau dans sa direction. Tu vas le payer cher. Je ferais attention, si j'étais toi. N'oublie pas qui tient la laisse, par ici.

Elle rougit, hilare.

Il adorait la voir heureuse. Son sourire la transformait et lui enlevait dix ans, même si elle ne faisait déjà pas son âge. Il se remit au travail, content d'être en cuisine, le meilleur foyer qu'il ait jamais eu.

Quand il eut fini d'enlever le gras de la viande, il la massa avec de l'huile d'olive, du sel, du poivre, de l'ail et de la chapelure. Portia fit sauter les échalotes et ajouta les myrtilles, sans perdre une miette des gestes de David.

Il lui expliqua ce qu'il faisait et lui demanda si elle avait besoin d'autre chose.

Elle secoua la tête.

— Non, Monsieur, la corrigea-t-il.

— Non, Monsieur, répéta-t-elle avec un sourire en coin.

Il la laissa tenter plusieurs combinaisons pour sa sauce demi-glace, tentant le porto seul ou mélangé au vinaigre balsamique.

— Qu'est-ce que tu en penses ? lui demanda-t-elle en trempant son doigt dans la sauce pour le lui présenter.

Il attrapa sa petite main et la guida à sa langue, prenant son doigt en bouche tout en fermant les yeux. Il le suça, avant de le libérer.

— C'est bon. Fais-moi goûter l'autre.

Elle trempa un autre doigt dans son deuxième bol et le lui tendit, les joues roses.

Il répéta sa succion sensuelle, laissant le goût envahir sa langue.

— Avec le vinaigre balsamique. Sans hésitation. C'était une bonne idée, esclave.

Elle rougit de plus belle.

— Merci, Monsieur, dit-elle d'un air ravi.

Elle termina sa sauce pendant qu'il commençait à saisir chaque face des côtelettes d'agneau dans une autre poêle.

— Tu le fais déjà cuire ? lui demanda-t-elle avec curiosité.

— Je ne le ferais pas si on était en cuisine avant le dîner, mais Connie ne voulait pas qu'on soit dans les pattes de ses équipes. Alors je veux que tout soit prêt pour les cuisiniers. Je saisis la viande maintenant, et ils pourront simplement la mettre au four cinq à dix minutes avant de la servir.

CHAPITRE 6

*E*n cuisine, David était un autre homme. Il était toujours sûr de lui, mais il était moins sinistre. Il était heureux. De toute évidence, il aimait ce qu'il faisait.

Les émotions de Portia, quant à elle, étaient toujours sens dessus dessous. Elle avait envie de lâcher prise et de s'amuser, mais son angoisse à l'idée qu'un plat soit présenté comme le sien ne cessait de l'asticoter. David lui avait promis de ne pas la laisser échouer, pourtant. Et elle était tentée de le croire. D'accord, il s'était montré vengeur, mais jusqu'à présent, il était resté correct. Sur toute la ligne.

Bon sang, il lui plaisait vraiment.

Derrière les fourneaux, ses compétences brillaient sans une once d'arrogance. Elle l'avait mal jugé. Il partageait généreusement son savoir et ne faisait absolument pas preuve d'égocentrisme. D'ailleurs, son seul but semblait être de l'aider à surmonter ses doutes quant à ses talents de cuisinière.

Elle se remit à pleurer. Ce n'étaient plus les sanglots désespérés d'un peu plus tôt, mais une cascade de larmes qui lui roulaient sur le visage. Elle renifla et les essuya du dos de la main.

David la regarda et coupa le gaz sous sa poêle, qu'il mit de côté. Il prit Portia dans ses bras, contre son tablier blanc.

— Qu'est-ce qu'il y a ?

— Rien. Je ne sais pas, dit-elle, sincère.

Il la souleva et la posa sur le plan de travail avant de lui tendre un chiffon propre pour son visage.

— Tu crois que pour Connie, les larmes comptent comme des fluides ? demanda-t-elle en riant à travers ses larmes.

Il sourit.

— Sans doute. Qu'est-ce qui se passe dans ton cerveau ?

Il lui tapota la tempe, doux comme une plume.

Elle secoua la tête.

— Pourquoi tu fais ça ? lui demanda-t-elle.

— Ça quoi ?

Elle montra la nourriture.

— Pourquoi tu m'obliges à préparer le dîner ?

Il garda le silence un long moment, avant de serrer les mâchoires.

— C'est ta punition.

À quoi s'était-elle attendue ? Même si ce qui avait commencé comme une punition s'était transformé en thérapie, elle venait de lui rappeler qu'elle lui avait porté préjudice. Il déciderait peut-être de la laisser se planter et de faire d'elle la risée de toute la profession. Il avait peut-être convié les caméras de la chaîne culinaire pour une petite soirée de télé-réalité : *Le chef étoilé face à la critique culinaire aigrie.* Ou alors : *David Dean prouve que la critique ne sait même pas préparer de demi-glace.*

Elle se laissa glisser du plan de travail et alla préparer les haricots verts. David finit de saisir la viande avant de la ranger dans la chambre froide, ne laissant qu'un carré d'agneau.

Elle apporta des caisses de pommes de terre rouges et de patates douces et les mit à bouillir.

David jeta un œil dans la casserole.

— Tu comptes les mixer ensemble ?

— Oui, Monsieur ? répondit-elle, incapable de supprimer la note interrogative dans sa voix.

Il hocha la tête.

— Bonne idée.

Elle garda les yeux braqués dans son dos tandis qu'il cuisait les haricots à la vapeur, et elle ne put s'empêcher de ressentir la même nostalgie qu'elle avait éprouvée quand il était au téléphone. Elle voulait obtenir son approbation. Elle voulait faire partie de son cercle d'influence et d'attention, être proche de lui. Pas seulement pendant ce séjour. Elle désirait quelque chose qu'elle ne pourrait jamais avoir.

Il se retourna et surprit son regard. Ils restèrent un moment à s'observer, les yeux dans les yeux. Il y avait de l'électricité entre eux, une émotion qu'elle n'arrivait pas à identifier avec précision.

L'arrivée d'Aiden les fit sursauter, et ils se détournèrent comme s'ils avaient fait une bêtise. Les autres employés commencèrent à arriver pendant qu'elle mixait les patates avec de l'ail, du beurre et de la crème fraîche.

David posa deux assiettes du plat pour l'équipe. Il commença par couvrir l'assiette de demi-glace à la myrtille, avant d'ajouter les côtelettes et l'accompagnement. Il ajouta davantage de sauce sur la viande et la purée. Les haricots étaient préparés simplement, avec du beurre et du sel. Elle se tordait les mains pendant que David montrait le plat à Aiden en lui expliquant comment terminer la préparation, avant de lui fournir la liste des ingrédients utilisés au cas où des clients poseraient la question.

Il porta l'une des assiettes dans la salle de restaurant, et ils laissèrent leurs toques et leurs vestes dans le panier à linge sur le seuil de la cuisine. David s'enfonça dans la même chaise qu'il avait utilisée pour lui donner la fessée, et il l'assit sur ses genoux.

Sans un mot, il plongea sa fourchette dans la purée, la couvrit d'un peu de sauce, et en donna une bouchée à Portia.

Elle mâcha lentement, l'esprit envahi de questions. Était-ce trop sucré ? Elle n'aurait peut-être pas dû ajouter de patate douce à ses pommes de terre, si elle voulait servir la purée avec la demi-glace. Peut-être...

— C'est délicieux, trancha David en goûtant le plat à son tour.

Elle ne dit rien, car elle ignorait si elle avait toujours le droit de parler.

— Tu t'en es très bien sortie, esclave, dit-il en lui donnant une fourchetée d'agneau, cette fois.

— Mmm.

— Oui. Tu peux être fière de toi.

Elle se pelotonna contre lui, les genoux pliés contre son torse, la tête dans son cou. Elle ne savait pas ce qu'elle voulait cacher, ni pourquoi elle cherchait refuge contre David, mais c'était ainsi.

— Tu es toujours aussi dure avec toi-même ? demanda-t-il avec douceur.

Ses larmes se remirent à couler.

— Qu'est-ce qui s'est passé pour que tu renonces à la cuisine ? Tu peux parler.

Elle renifla et s'essuya les yeux du dos de la main.

— C'était très stressant, c'est tout. Et tous les gens avec qui je travaillais étaient méchants, parce que je ne savais pas ce que je faisais. Je débarquais avec mon diplôme universitaire et mon année d'école de cuisine, et je bossais pour un chef qui s'était lancé dans le métier en sortant du lycée. Tout nous opposait. J'étais naïve, avec des opinions bien arrêtées, et j'étais sans doute un peu coincée. Je n'avais aucune expérience pratique. Ils se foutaient complètement de ce que j'avais appris, si je n'étais pas capable de préparer les plats à temps. Et je ne tenais pas le rythme du tout. J'étais trop lente, je me trompais dans les commandes, et je me mettais sur la défensive quand on me criait dessus. Je n'aurais jamais tenu deux mois, si ce n'était pas mon rêve. J'ai mis un moment à renoncer.

— Et tu ne t'es pas dit que tu pourrais te sentir mieux ailleurs ? Ou que les choses auraient fini par s'améliorer avec l'expérience ?

Elle secoua la tête.

— J'imagine que non. J'ai décidé que j'étais nulle et que je n'étais pas faite pour les cuisines de restaurants, et jusqu'à aujourd'hui, je n'y avais jamais remis les pieds.

— Moi, je serais prêt à t'engager dans mon équipe, dit-il en lui donnant une nouvelle bouchée.

Elle pencha la tête en se demandant s'il parlait sérieusement.

— Bien sûr, on risquerait de se heurter au problème des fluides. Je passerais mon temps à te pencher sur le plan de travail pour te fesser avec tous les ustensiles qui me passeraient sous la main.

— Si je me trompais dans une commande ?

Il sourit.

— Non. Pour le plaisir. Tu serais toujours mon esclave, bien entendu. Tu recevrais peut-être des punitions supplémentaires en cas d'erreur dans les commandes, mais je ne crie jamais, jamais sur mon équipe. Je peux te l'assurer.

Il lui fit manger une autre bouchée.

— Je ne vois pas l'intérêt de créer une atmosphère pesante alors que tout le monde est déjà stressé.

— On reviendra dîner ici ? demanda-t-elle.

— Ici ? Tu en as envie ?

— Oui, admit-elle. Je crois. Je veux voir ce que pensent les gens.

Il lui pinça le téton.

— Tu n'as pas peur qu'ils détestent tous ton plat ?

— Si, un peu.

Il la dévisagea d'un air songeur.

— Je n'irai pas dîner avec Portia Sands la critique culinaire, en tout cas.

Elle l'observa en se demandant s'il insinuait qu'il comptait dîner avec une autre femme, ou s'il s'agissait d'une métaphore.

— Tu seras irritable et tendue ?

— Non, Monsieur, promit-elle en rougissant face à la réprimande qui se cachait derrière la question.

— Ne crois pas que j'hésiterai à te punir en public, si besoin est.

— Bien Monsieur.

L'idée d'un châtiment public au milieu d'un restaurant chic lui causa une drôle de sensation dans le ventre.

Comme s'il avait deviné sa réaction, il esquissa un sourire coquin.

— Si tu te posais la question, ta punition est loin d'être terminée.

Une sensation de chaleur s'épanouit sur les fesses toujours endolories de Portia.

Il lui tendit leur assiette vide.

— Rapporte ça en cuisine, esclave. Et plus un mot.

Elle descendit maladroitement de ses genoux et trottina

jusqu'à la cuisine, ses pieds torturés par ses bottes à talons hauts. À son retour, David ramassa sa laisse et lui en donna un coup. Ce n'était pas trop douloureux, car elle était trop légère pour avoir un réel impact, mais Portia sursauta quand même.

— Tu as mal aux pieds ?

Elle hocha la tête.

D'un mouvement souple, il la hissa sur son épaule, les fesses en l'air. Il leur donna une tape.

— Désolé, esclave. Je n'aurais pas dû te faire cuisiner avec ces talons.

Cette fois encore, elle était surprise par sa capacité à admettre ses erreurs.

Il la porta à travers le hall d'entrée jusqu'à la Garde-Robe, et il la posa devant la porte, dans le couloir.

— Pas bouger, dit-il.

Il franchit la porte opposée à celle de la Garde-Robe et disparut.

Il revint quelques minutes plus tard et tira sur sa laisse.

— Viens.

Elle le suivit dans ce qui ressemblait à un institut de beauté ou un spa.

— Je vais te laisser ici quelques heures. Sois bien sage avec la toiletteuse, sinon tu recevras une longue fessée quand je viendrai te chercher. Et ne parle pas.

Elle était tentée de lui lancer un petit « ouaf », mais il risquait de ne pas apprécier son humour canin. Elle le regarda partir, puis se tourna vers la réceptionniste, une jeune femme vêtue comme une esclave romaine, et attendit. Il n'avait pas intérêt à avoir demandé à ce qu'on lui coupe les cheveux, sinon elle crierait « oignon » avant que la moindre paire de ciseaux s'approche d'elle.

— Bonjour, Kitty. Je m'appelle Jessica, et je vais vous

faire un massage ainsi qu'une séance de réflexologie plantaire. J'ai cru comprendre que vous aviez un peu mal aux pieds ?

Plus détendue, Portia hocha la tête. Elle n'en croyait pas ses oreilles. Il ne pouvait pas être aussi attentionné, si ? Avait-il vraiment payé pour qu'on la chouchoute ? Une vague de reconnaissance toute chaude l'envahit, et elle suivit Jessica jusqu'à une salle de massage. Elle la laissa lui ôter sa combinaison. Les deux heures suivantes furent un pur bonheur : massage avec aromathérapie, réflexologie, manucure-pédicure, et soin du visage. Quand David revint la chercher, elle était en pleine félicité.

— Mon animal domestique s'est bien comporté ? demanda-t-il à Jessica sans un regard pour Portia.

La masseuse sourit.

— Elle a été très sage. Elle ne m'a pas griffée une seule fois.

Il tira sur la fermeture de la combinaison en latex.

— J'aimerais bien voir un peu de peau, maintenant.

Il la déshabilla complètement, avant de l'équiper du harnais et de la laisse.

— Je t'ai trouvé un autre genre de queue, cette fois, dit-il. Penche-toi en avant et écarte les fesses.

Elle s'empourpra en surprenant le sourire de Jessica. Portia avait déjà entendu parler de figging, mais elle avait toujours estimé que la nourriture avait sa place entre ses lèvres, pas entre ses fesses. En plus, c'était censé brûler terriblement. Elle jeta à David un regard suppliant, vu qu'il lui avait dévoilé une facette compatissante, mais à en juger par son expression suffisante, il ne céderait pas.

Elle regarda autour d'elle. Voulait-il qu'elle se penche sur quelque chose ? Ou qu'elle se plie simplement en deux ?

Il lui donna une claque sur le derrière, si forte qu'elle se retrouva sur la pointe des pieds.

— Maintenant, Kitty.

Elle se plia en deux et écarta ses fesses avec ses mains. Le gingembre était frais, avec quelques bosses. Il n'était pas aussi large et lourd que le plug en acier, mais elle grimaça quand même pendant l'insertion.

David le fit tourner en elle, puis aller et venir.

Elle serra les lèvres, mais un gémissement monta tout de même dans sa gorge. Pourquoi fallait-il qu'il le fasse ici, devant tout le salon ?

∽

David donna à Portia une autre claque sur le derrière.

— Tu peux te redresser.

Il sentait déjà l'odeur de son excitation, malgré les notes florales de son aromathérapie. Il garda une main sur le gingembre et continua de l'agiter en elle.

Portia se releva, les yeux affolés et quelque peu désespérés, les pommettes rougies.

— Pouvez-vous mettre ses vêtements et ses bottes dans un sac ? demanda-t-il à Jessica.

— Bien sûr, Maître D.

Portia se balançait d'une jambe sur l'autre, comme si elle craignait qu'elles cessent de la porter. Il savait que le gingembre ne faisait sans doute pas encore effet. Le savoir entre ses fesses en public lui prodiguait suffisamment d'humiliation et d'excitation. Mais David était impatient que les épices fassent effet.

Il se servit du morceau de gingembre pour la guider vers

l'avant, en direction du donjon, son endroit préféré au Château. Il espérait vraiment qu'une croix de Saint-André serait disponible.

Lorsqu'ils arrivèrent, la sueur perlait sur les clavicules de Portia, et sa poitrine se soulevait dans un rythme plus rapide. Ses joues étaient encore plus rouges qu'avant.

— Ils passent ta chanson, dit-il, amusé d'entendre *Pets*, Animaux de Compagnie, de Pyros.

Le donjon était composé de trois longues pièces et possédait tous les instruments de torture jamais inventés. Toutes les croix de Saint-André étaient prises. Il passa en revue les équipements. Brûlures : non, pas trop son truc. Bâtons électrifiés : non plus. Aha. Il vit une dominatrice aider son soumis à descendre d'un cheval à fessées. Il enfonça le gingembre plus profondément en Portia et la fit avancer dans cette direction.

Il faisait de grands pas, obligeant Portia à sautiller pour tenir le rythme. À leur arrivée, le soumis venait de commencer à nettoyer le cheval à fessées.

— Kitty peut terminer, suggéra-t-il.

Le soumis regarda sa maîtresse, qui hocha la tête.

— Merci.

Portia prit les lingettes désinfectantes et termina le travail à vive allure. Le feu entre ses fesses l'encourageait sans doute à se dépêcher.

Il sourit.

— C'est suffisant, esclave. Grimpe.

Elle lui jeta un nouveau regard implorant en passant d'un pied sur l'autre.

— Monte, insista-t-il d'une voix plus ferme.

Elle s'installa à califourchon sur le cheval, le buste couché sur la surface rembourrée. Il lui attacha les poignets et les chevilles avec les menottes intégrées et agita de nouveau le morceau de gingembre.

— Aaah, protesta-t-elle.

Il avait prévu de choisir un fouet sur le bureau à l'entrée, mais dans sa hâte d'atteindre le cheval avant un autre couple, il avait oublié. Il envisagea d'y retourner, mais il avait déjà commis l'erreur de la laisser seule une fois, et recommencer alors qu'elle était dans une position particulièrement vulnérable serait impardonnable.

Il lui caressa le derrière et l'examina pour voir si la cuillère en bois avait laissé des marques. Il en trouva quelques-unes et les massa pour encourager la circulation du sang. Puis il leva la main et l'abattit dans un claquement sonore.

— Aaah, répéta Portia, d'un ton encourageant, cette fois.

— Ça te plaît, petit animal ?

Il frappa son autre fesse. Il trouva le bon rythme et s'y tint, abattant la main d'un côté puis de l'autre une vingtaine de fois, avant de s'arrêter pour aller et venir avec la racine de gingembre.

Les gémissements de Portia devinrent plus forts et plus impatients.

Il amplifia l'intensité de ses coups, frappant de toutes ses forces. Portia sursautait et s'agitait sur le cheval, faisant onduler son pelvis.

Plusieurs personnes vinrent observer la scène, attirées comme des mouches par les gémissements de Portia. Elle tendait les fesses à David à chaque coup, à présent, et ses cris étaient de plus en plus passionnés.

Il la saisit par les cheveux et lui souleva la tête.

— Qu'est-ce qui arrive aux animaux de compagnie désobéissants ?

Elle poussa une longue plainte.

Il avait eu l'intention de lui refuser un orgasme, mais elle semblait à deux doigts de jouir, et il ne pouvait pas résister. Il sortit un préservatif de sa poche, ouvrit sa braguette et libéra son érection. Il enfila le préservatif et la pénétra aussitôt.

Portia lutta contre ses liens en émettant un son insatiable.

Il se mit à lui donner des coups de reins puissants, la main sur sa nuque, assez fort pour que le cheval se balance. À chaque fois que son bassin percutait ses fesses, le gingembre s'enfonçait en elle.

Elle criait, les dents serrées.

Elle était trempée, et sa chaleur submergeait le membre de David, le faisant basculer dans le désir, sur une autre planète. Il se mit à la baiser encore plus fort, jusqu'à éjaculer dans un rugissement, profondément enfoncé en elle.

— Jouis, Por...

Il s'interrompit avant de prononcer son prénom en entier devant la foule.

— ... Kitty.

Elle poussa un grognement, son sexe contracté sur le sien, le massant dans une série de pulsations. Elle continua de pousser des cris étouffés tout au long de son orgasme.

— Oh la vache, murmura quelqu'un. C'est le truc le plus excitant que j'aie jamais vu ici.

— Vous voulez bien me faire la même chose ? demanda une soumise à son maître.

David resta profondément enfoui en elle, lui caressant le dos pendant qu'elle poussait des gémissements larmoyants.

— Gentille fille, murmura-t-il.

Il se retira, se nettoya et lui enleva ses menottes. Il la prit par la taille, et de son autre main, il nettoya le cheval à fessées. Il ramassa le sac qui contenait les vêtements de Portia et raccompagna son esclave tout étourdie jusqu'à sa chambre.

Il envisagea de lui donner un bain. Mais il s'était déjà montré clément avec elle, alors il tapota la cage.

— Rentre là-dedans, lui ordonna-t-il en détachant la laisse du harnais.

À sa grande surprise, elle se rendit droit vers la cage, se mit à quatre pattes et rampa à l'intérieur sans broncher. Elle se roula en boule sur le côté, la tête sur les bras, et le regarda avec ses yeux dorés.

Le cœur de David faisait des bonds. Avait-il gagné sa soumission totale ? Ou l'avait-il simplement épuisée avec ce dernier orgasme ? Il ferma la porte de la cage et la laissa à l'intérieur pendant qu'il se déshabillait pour prendre une douche. Lorsqu'il émergea de la salle de bains, propre et rafraîchi, il la trouva dans la même position, les yeux toujours braqués sur lui.

Il ouvrit la porte pour la laisser sortir.

— À ton tour, dit-il.

Elle sortit d'un air comblé. D'ailleurs, lorsqu'elle passa devant lui pour se rendre dans la salle de bains, il aurait juré qu'elle marchait d'un pas bondissant.

Le sexe réussi pouvait avoir cet effet sur les gens.

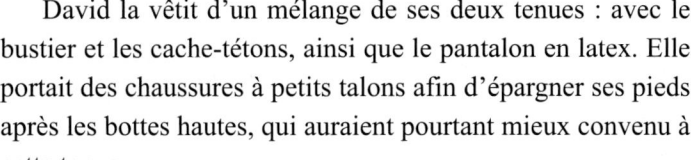

David la vêtit d'un mélange de ses deux tenues : avec le bustier et les cache-tétons, ainsi que le pantalon en latex. Elle portait des chaussures à petits talons afin d'épargner ses pieds après les bottes hautes, qui auraient pourtant mieux convenu à cette tenue.

Il l'escorta au rez-de-chaussée jusqu'à la *Table du Maître*, où il avait déjà effectué une réservation. La salle était pleine. La plupart des convives du Château avaient sans doute décidé de mettre les petits plats dans les grands pour le Réveillon.

Elle constata avec déception qu'il n'y avait pas de carte des vins, et se souvint que le Château n'avait qu'un bar, et que les clients n'avaient le droit qu'à une seule boisson alcoolisée toutes les vingt-quatre heures pour éviter que leur consentement soit affecté.

Dommage. Le plat du chef serait allé à merveille avec un Shiraz de la vallée de Napa de 2004.

— Souhaitez-vous que je vous présente le plat du chef, ce soir ? demanda leur serveuse, légèrement vêtue d'un costume de soubrette.

— Oui, merci, répondit David en adressant un clin d'œil à Portia.

— Le plat du chef a été réalisé par la critique culinaire Portia Sands, et se compose de...

Elle n'entendit pas le reste, trop troublée après avoir entendu son nom.

Si les convives n'aimaient pas son plat, sa réputation serait fichue.

Elle jeta un regard à David, qui dit quelque chose qu'elle n'entendit pas à la serveuse.

— Tu es en train de paniquer, hein ? lui dit-il ensuite, le visage dénué d'expression.

Elle secoua la tête, puis acquiesça.

Il claqua des doigts et montra ses pieds.

Elle jeta un regard au sol, puis à David. Lui ordonnait-il de venir ? Elle regarda autour d'elle dans le restaurant bondé. Ce n'était pas le lieu pour se donner en spectacle. *Pitié, pas ça.*

— Un... deux...

Elle bondit de sa chaise et se plaça à l'endroit indiqué.

— À genoux, esclave.

Elle obéit.

— Concentre-toi uniquement sur moi. Garde les yeux sur

mon visage, et ne pense qu'à mon plaisir. Tu vas devoir regagner le privilège de t'asseoir sur cette chaise. Compris ?

Elle hocha la tête, les yeux braqués sur son visage. Sa nuque allait bientôt lui faire mal, si elle continuait comme ça.

— Salut, Kitty, chuchota une voix de femme derrière elle.

Tina apparut et s'accroupit à côté d'elle.

— C'est vraiment toi qui as préparé le plat du chef ?

Portia regarda David.

— Kitty est mon animal domestique, et ne peut donc pas parler. Mais la réponse est oui, c'est bien elle qui a préparé le plat du chef ce soir.

— C'était délicieux ! Tout le monde s'est régalé. Il n'en reste plus que quelques-uns, apparemment.

Portia se tourna vers son amie d'un air émerveillé.

— C'est vrai, insista cette dernière. Tu assures, meuf.

Puis, après s'être tournée vers David :

— Bon, je ferais mieux de vous laisser jouer avec votre animal de compagnie. Vous assisterez au bal, ce soir ?

— Oui, sauf si elle fait une bêtise.

Le ventre de Portia s'emplit de chaleur.

Tina l'embrassa sur la joue.

— Amuse-toi bien. À tout à l'heure.

Après son départ, David caressa le cou de Portia, jusque sous le menton.

— Tu as entendu, esclave ? Tu as assuré.

Il n'y avait pas trace de méchanceté dans sa voix. Il semblait même fier d'elle. Comme s'il n'était pas du tout responsable de son succès. Qui était cet homme ? Pas celui qu'elle avait cru connaître, en tout cas.

Elle s'appuya sur une hanche et colla son buste à la jambe de David, comme un loyal animal domestique. Il la nourrit à ses pieds, une expérience sensuelle qui semblait transformer la nourriture en sensation érotique. Elle se sentait belle en mangeant, et chaque saveur explosait sur sa langue sous le regard appréciateur et attentif de son maître.

Après le dîner, il l'emmena au bal, veilla à ce qu'elle n'ait pas mal aux pieds, et lui laissa souvent l'occasion de s'asseoir.

Juste avant minuit, ils reçurent de petites coupes de champagne. David la mena sur la piste de danse. Le groupe jouait *Gorilla*, la chanson de Bruno Mars, ce qui semblait approprié, vu les paroles. Il la serra contre lui, un bras autour de sa taille, sa main caressant et massant ses fesses. Elle se blottit contre lui, son verre de champagne à la main. Le groupe arrêta de jouer, et un roulement de tambour annonça le compte à rebours jusqu'à minuit.

— Dix... neuf... huit...

Plusieurs dominateurs donnaient des fessées à leur soumise au rythme du décompte.

Portia sourit timidement à son cavalier. Si quelqu'un lui avait dit qu'elle passerait le réveillon au bras de David Dean Marone, elle se serait étouffée de rire. Mais alors qu'elle avait le regard plongé dans ses yeux bruns chaleureux, seul l'enthousiasme fourmillait dans son corps. Bon sang, il lui plaisait vraiment.

— Trois... deux... un !

Elle vit une belle esclave blonde en plein orgasme entre deux gladiateurs. Le son du feu d'artifice leur parvint depuis les jardins alors que David se penchait pour effleurer ses lèvres avec les siennes. Sa main quitta ses fesses pour remonter son échine, jusqu'à l'arrière de sa tête. Il la maintint en place pendant qu'il explorait sa bouche, qu'il la caressait avec sa langue, qu'il l'embrassait de façon experte. Quand il recula, elle se cacha le visage dans sa coupe de champagne, troublée par ses sentiments grandissants envers lui.

Après une nuit de folie impliquant les anneaux fixés au plafond de sa chambre, David se réveilla tôt et laissa un mot à Portia.

Ma petite esclave,
Je vais courir.
Tu n'as pas l'autorisation de quitter cette chambre. Attends-moi.
Ton Maître

Il sortit du Château, les idées éclaircies par l'air froid alors qu'il se mettait à courir. Il ne savait pas quoi penser de sa petite esclave. Au cours des trente-six dernières heures, il y avait eu des moments où ils avaient été en parfaite synchronisation. Yin et yang, dominateur et soumise, mari et femme. Oui, mari et femme ; comme un couple ayant passé des années ensemble à prendre soin l'un de l'autre. Mais cela changeait-il pour autant qui ils étaient ? Même le fait d'apprendre pourquoi elle avait arrêté la cuisine n'adoucissait pas son opinion de la critique culinaire qui avait démonté son restaurant dans un article mesquin. Qu'avait-il fait pour qu'elle se défoule sur lui de cette manière ? Il ne le comprenait toujours pas.

Il courut très longtemps, les poumons brûlants à cause de l'air froid. À son retour au Château, il trouva Portia en position de yoga dans sa chambre, nue comme un ver. Elle abandonna sa position brusquement lorsqu'il entra, visiblement gênée.

Il se laissa tomber dans son fauteuil.

— Je t'en prie, continue.

Elle secoua la tête.

— C'est un ordre, insista-t-il d'une voix inflexible.

Elle rougit et reprit la pose. Il la regarda enchaîner les positions, étirant et contractant les muscles. Pas étonnant que son corps soit aussi sexy.

Elle finit par s'allonger sur le dos, yeux fermés.

— Reprends ta dernière pose, ordonna-t-il.

Elle roula sur le ventre et s'assit sur ses talons, le buste étendu sur le sol comme si elle se prosternait.

— Mets les mains derrière le dos.

Elle s'exécuta, et il lui attacha les poignets pour la maintenir dans cette position.

Il ouvrit le tiroir supérieur de la commode, bien fournie en sex toys (contre rémunération, bien sûr), et il en sortit un vibromasseur.

— Lève les fesses.

Il promena l'extrémité du jouet autour de son entrée, avant de l'enfoncer en elle et d'appuyer sur l'interrupteur.

— Aaah, glapit-elle.

— Ne bouge pas. Ne jouis pas.

Il alla prendre une douche. À son retour, des larmes de frustration s'étaient formées dans les yeux de Portia. Il s'accroupit devant elle et la prit par le menton.

— C'est bien, tu es sage, murmura-t-il.

Lorsqu'il se leva et s'éloigna, elle laissa échapper un cri étouffé.

— Ça suffit, dit-il d'un ton sec.

Elle se tut immédiatement et tourna de nouveau la tête vers le sol, abattue. Il rouvrit le tiroir plein d'accessoires et sélectionna une canne en plastique. Il rejoignit Portia et lui libéra les poignets, mais n'ôta pas le vibromasseur.

— Glisse la main entre tes jambes et retiens-le en place.

Elle obéit.

— Maintenant, lève-toi et penche-toi sur le lit.

Elle mit un long moment à se mettre debout, sans doute trop raide après être restée agenouillée si longtemps et troublée par la stimulation sexuelle. Il la prit par le coude et l'aida à se lever, avant de la mener jusqu'au lit et d'y coucher son buste, une main entre ses omoplates.

Il plaça une main sur celle de Portia et enfonça le vibromasseur plus profondément, pressé contre sa paroi intérieure.

Elle poussa un petit cri aigu et croisa les jambes, les fesses serrées.

Il lui donna une claque à l'arrière de la cuisse.

— Ne t'avise pas de faire ça, dit-il d'un ton sévère.

Elle poussa un gémissement chevrotant, mais détendit ses muscles.

Il alla chercher un exemplaire du magazine *Chicago Foodie* dans sa valise et l'ouvrit à la page de l'article de Portia. Il le lui mit sous le nez et ordonna :

— Lis-le.

Elle leva brusquement la tête d'un air effrayé. Il abattit la canne sur ses fesses, sans ménagements.

— Tout de suite, Portia.

Elle poussa une plainte et se mit à lire :

— « David Dean Marone, chef cuisinier mégalo, vient d'ouvrir un deuxième restaurant sur les rives du... » Aïe !

Il lui donna un nouveau coup de canne cuisant.

— Continue.

— « Comme si faire des apparitions à la télé et donner son propre nom à son premier restaurant (*Chez Marone*) ne suffisait pas, celui-ci prend également son nom (*Chez David Dean*). » Ouïe !

Il la fouetta à nouveau.

— « Marone a gagné de nombreux prix pour sa cuisine et le service dans son restaurant de... »

Il la frappa une quatrième fois.

— Pitié, l'implora-t-elle, la voix pleine de larmes.

Il marqua une pause et lui tapota les fesses du bout de sa canne. Il avait prévu de la pousser à le supplier, et ce moment était enfin arrivé. Il la fouetta à nouveau, avant qu'elle puisse l'implorer une deuxième fois.

— Pitié, sanglota-t-elle en repoussant le magazine. Ne m'oblige pas à lire ça. Je me suis déjà excusée.

Il se pencha tout près de son oreille.

— Et j'ai déjà accepté tes excuses. Mais ta punition n'est pas terminée pour autant.

Il fendit l'air avec sa canne, qu'il abattit sur son derrière frémissant.

— Tu as été très méchante.

— Je suis désolée, geignit-elle.

— Tant mieux, dit-il en replaçant le magazine devant elle. Maintenant, reprends ta lecture.

En larmes, elle lut à toute vitesse entre deux coups de cannes, presque incohérente.

Il dut lui donner une vingtaine de coups en tout, ce qui prolongerait la douleur jusqu'au lendemain, même pour une amatrice de douleur comme elle. Mais selon lui, ce n'était pas la douleur qui la faisait pleurer. Elle semblait sincèrement repentante en lisant son propre article. Elle le regrettait peut-être vraiment.

Il se demanda pourquoi cela comptait à ses yeux.

Oui, ça comptait. Énormément. Il voulait toujours découvrir pourquoi elle avait décidé de s'acharner sur lui, et qu'il veuille bien l'admettre ou non, il recherchait son approbation. Ou quelque chose de plus profond, peut-être. Mais ça, il ne voulait pas y réfléchir pour l'instant.

CHAPITRE 7

*P*ortia sanglotait, la tête enfouie dans l'édredon, l'odieux magazine de nouveau à bonne distance. Elle avait beau pleurer, elle semblait incapable de libérer la douleur coincée dans sa poitrine. Elle avait besoin d'absolution. Besoin d'arranger les choses entre David et elle.

Il ôta le vibromasseur et l'éteignit. Il la retourna, la souleva et l'assit sur le lit. Elle grimaça, car même le matelas moelleux amplifiait la douleur de ses fesses fraîchement fouettées. Elle tenta d'arrêter de pleurer, ce qui bien sûr, ne fit qu'empirer les choses, et sa respiration se transforma en hoquets incontrôlables.

— Je suis désolée, dit-elle d'une voix cassée.

D'une caresse, il chassa les cheveux qui lui tombaient sur le visage et passa les pouces sous ses yeux pour sécher ses larmes.

— J'aime bien quand tu pleures, dit-il avec douceur.

Elle frémit. Pas parce que ses mots l'effrayaient, mais parce qu'ils lui apportaient une satisfaction profonde. Elle n'avait que ses larmes à lui offrir en signe de repentance, et l'entendre dire que cela lui faisait plaisir l'apaisait.

Elle laissa retomber sa tête en avant et se laissa envahir par les sanglots.

Il se pencha sur elle et lécha l'une de ses larmes comme s'il s'agissait d'une spécialité qu'il pourrait servir dans son restaurant, telle la sauce d'une assiette de douleur et de soulagement. Il glissa la main entre ses jambes et lui frappa le sexe.

Elle poussa une exclamation, surprise par cette sensation.

Il la poussa en arrière jusqu'à ce qu'elle tombe sur ses coudes, et il s'allongea à ses côtés, coinçant l'une de ses jambes entre les siennes, maintenant l'autre écartée. Il frappa les plis délicats de sa vulve, assez fort pour la faire sursauter et haleter, mais pas assez pour la faire paniquer.

Les larmes de Portia se tarirent peu à peu, mais elle continuait de pousser des plaintes, dues au désir plus qu'au désespoir, à présent.

— Sale bête désobéissante, dit-il en la frappant plus fort.

— Pitié, l'implora-t-elle. Oh, pitié...

— Quoi, pitié ? demanda-t-il en s'interrompant pour la regarder dans les yeux.

— J'ai besoin de te sentir, susurra-t-elle.

Il haussa les sourcils, surpris, et ouvrit son pantalon à la hâte pour libérer son membre. Il se tapota les poches, sans doute à la recherche d'un préservatif, puis il lui jeta un regard sombre.

— Je vais te prendre sans capote, dit-il.

Elle se cambra contre lui, excitée par sa brusquerie. Malgré son ton décidé, elle savait qu'il aurait renoncé, si elle avait refusé. Il ne l'avait pas encore pénétrée et attendait manifestement une réponse de sa part. Elle aurait dû dire non. Ou prononcer son mot de sécurité. Mais après tout, où était le risque ? Elle était restée mariée des années sans jamais réussir à concevoir.

— Je suis clean, dit-il, répondant à sa question silencieuse. Aucune MST.

Elle se cambra de nouveau, son pelvis projeté contre lui. Elle le désirait comme elle n'avait jamais désiré un autre homme. Elle en avait besoin. Désespérément besoin.

Intelligent comme il l'était, David déchiffra son expression et la pénétra.

— Oh, s'écria-t-elle.

Elle encercla sa taille avec ses jambes pour le prendre plus profondément. Elle planta les ongles dans ses bras pendant qu'il la baisait si fort que le lit se déplaçait.

Il ne parlait pas, se contentant d'enchaîner les coups de reins, les sourcils froncés, la pilonnant avec une sauvagerie des plus satisfaisantes.

— David, haleta-t-elle, incapable de tenir sa langue.

— Oui, gronda-t-il en allant et venant avec encore plus de force.

Il la pénétrait comme si son membre était une arme, un fouet qu'il abattait en elle. Il l'emplissait, et ses mouvements étaient si satisfaisants que des étoiles dansaient devant les yeux de Portia.

Un grognement digne d'un loup quitta la gorge de David. Il souleva le bassin de Portia et la colla à lui pendant qu'il éjaculait en elle.

— Maintenant, Portia.

L'orgasme la submergea, la faisant trembler de tout son corps tandis que son vagin se contractait et enserrait le sexe de David, aspirant son sperme.

Dès qu'elle eut terminé, il se coucha sur elle, ses lèvres plaquées aux siennes, ses mains fermées sur ses seins. Les larmes de Portia s'étaient envolées, remplacées par des vagues d'extase et d'émerveillement face à la passion de David.

Il la souleva et l'allongea entièrement sur le lit avant de couvrir son corps avec le sien. Il l'embrassa dans le cou, entre les seins, le long du ventre. Il la fit rouler et passa la main sur ses fesses meurtries, qu'il pétrit tour à tour d'un geste brusque.

— À qui tu appartiens, Portia Sands ? demanda-t-il en la prenant par les cheveux pour lui tirer la tête en arrière.

— À toi, murmura-t-elle.

— Exactement. Tu es à moi.

Il lui lâcha les cheveux et lui embrassa la joue, avant de la mordre dans le cou. Il s'allongea à ses côtés et la fit rouler sur le côté, collée à son torse, un sein dans sa main chaude. Le souffle de David devint plus lent, et au bout de quelques minutes, elle réalisa qu'il s'était endormi. Elle écouta l'ébullition dans son corps : le lancinement de ses fesses gonflées, son sexe à vif, ses muscles courbaturés comme si elle venait de sortir de la séance de sport la plus intense de toute sa vie. Émotionnellement, il l'avait menée aux limites de ce dont elle était capable, et elle lui avait tout donné. Une sensation de vulnérabilité tentait de s'emparer d'elle, mais le souvenir des baisers de David et son corps musclé blotti contre elle la protégeaient. Elle se pelotonna contre lui et laissa son souffle la bercer jusqu'à ce qu'elle tombe à son tour dans un sommeil délicieux.

~

Elle se réveilla au son de la voix de David contre son oreille.

— Je m'en souviens, disait-il, penché sur elle, en appui

sur un coude. Je me suis comporté comme un connard avec toi à l'école de cuisine, hein ?

Le cœur de Portia s'emballa. Il s'agissait de la petite graine qu'elle avait gardée enfouie en elle pendant si longtemps. Ce n'était pas grand-chose, et pourtant, c'était tout. La source de tant de honte. Elle n'avait pas envie d'en parler.

— Je t'ai humiliée, n'est-ce pas ? Plus que je ne l'ai réalisé à l'époque.

Soudain, elle avait de nouveau vingt-deux ans. Elle enfouit son visage dans les draps.

— Comment ça avait commencé ? On parlait de féminisme, ou un truc comme ça. Je faisais ma grande gueule, comme d'habitude.

Elle ne se tourna pas vers lui, mais répondit sous la couverture :

— Tu as dit : « Je veux bien que ma femme garde son nom de famille et ait une carrière, du moment qu'au lit, je suis toujours le boss. »

Il lâcha un grognement amusé.

— Bon sang. J'étais tellement con.

Elle ne dit rien.

— Tu m'as traité de sale misogyne, ce qui n'est pas tout à fait vrai. J'adore les femmes, même si j'aime aussi leur faire mal. Et ensuite, j'ai dit un truc vraiment horrible sur toi, hein ?

Elle se mit à ressentir une pression derrière les yeux et le nez. *Seigneur, plus de larmes, par pitié.* C'était idiot de pleurer pour un truc vieux de dix-sept ans.

— Merde. Qu'est-ce que j'ai dit, déjà ? Que je voulais te donner une fessée, ou quelque chose dans le genre ?

— Tu as dit : « Portia est le genre de féministe enragée qui en fait des caisses parce qu'elle a secrètement envie d'être attachée, fessée et baisée sauvagement par-derrière. » Et quand je t'ai traité de salaud, tu as rétorqué : « Si ce n'était pas vrai, tu ne rougirais pas à ce point-là. »

— Bordel. J'ai toujours dit tout ce qui me passait par la tête. Je suis désolé.

Il tira sur son épaule pour la faire tourner vers lui, et elle le laissa faire, mais elle se cacha le visage dans les mains, faisant semblant de le frictionner. Il lui écarta les bras.

— Je suis désolé. Je crois que j'ai perçu quelque chose en toi, à l'époque. Je savais déjà qui j'étais, et je t'ai reconnue comme une semblable. Sauf que tu ne t'assumais pas encore, ou bien tu ne voulais pas qu'on te le fasse remarquer en public, alors quand tu as donné l'impression que tu méprisais mes préférences, je me suis mis sur la défensive et je me suis défoulé sur toi.

— Je n'aimais pas cette facette de moi-même, admit-elle. Et tu m'as mis la honte en sous-entendant que j'avais un truc qui clochait. Tout le monde était mort de rire.

— Je suis désolé, Portia. Je m'excuse de t'avoir mise mal à l'aise. J'étais vraiment un salaud. Un petit con arrogant et prétentieux qui méritait largement de se faire incendier dans le *Chicago Foodie*.

— Je n'ai jamais avoué mes préférences sexuelles. Pas même en dix ans de mariage avec un homme génial.

Il s'écarta et déglutit.

— Tu es mariée ? s'enquit-il d'une voix étranglée.

Elle faillit rire, contente qu'il soit perturbé à cette idée, comme elle l'avait été lorsqu'elle l'avait cru en couple.

— Divorcée, répondit-elle. Parce que j'étais complètement inhibée.

— Et j'ai contribué à ton inhibition, dit-il avec regrets. J'aurais plutôt dû te dire : « Portia, et si tu me laissais t'attacher et te donner une fessée ? Ça te plairait peut-être. »

— J'aurais sans doute pris mes jambes à mon cou, dit-elle

avec un rire étranglé par les larmes. Et ensuite, j'aurais passé dix-sept ans à fantasmer sur toi au lieu de te détester.

— Ooh, imagine l'article que tu aurais écrit : « Non seulement David Dean est un as en cuisine, il est aussi hyper sexy et... »

Elle gloussa. Puis lui parla de ce qu'elle envisageait de faire depuis la veille.

— Je pourrais publier des excuses. Tu sais, à cause de mes remarques mesquines sur toi. Admettre que je réglais des comptes personnels.

Il secoua la tête.

— Surtout pas. Ça entacherait ta crédibilité. Tu risquerais même de perdre ton boulot. Les gens se fient à ton opinion. Tu ne peux pas saper cette confiance.

— Mais j'ai...

— Ton article n'a pas fait de mal à mes restaurants. Les réservations ont même augmenté. Tu n'as pas critiqué la nourriture, tu nous as juste accusés d'être prétentieux et arrogants. Apparemment, il y a des gens à qui ça plaît. La seule chose que tu as écornée, c'est mon ego, et désormais, je sais que je le méritais.

Il se pencha sur elle et effleura ses lèvres dans un baiser léger et tendre.

— Je suis navré de t'avoir blessée. Je vais me rattraper.

— Et comment tu comptes t'y prendre ?

Il lui adressa un sourire coquin, et son regard se fit avide et sombre. D'un mouvement fluide, il se coucha sur elle et saisit l'un de ses seins avec assez de force pour la pousser à se tortiller.

— Je vais réaliser tous tes fantasmes, lui souffla-t-il à l'oreille juste avant de lui mordre le lobe.

Ça, il l'avait déjà fait. Non qu'elle ait l'intention de le lui dire.

— Tu ne vas jamais croire avec qui j'ai passé le Nouvel An, dit-il dans son téléphone.

Il regarda Portia se crisper à ses pieds. Ils se trouvaient dans la salle Arc-en-Ciel pour qu'il puisse prendre des nouvelles de ses entreprises.

— Qui ? demanda Jerry.

— Portia Sands.

Elle se mit à respirer plus vite, mais ne leva pas les yeux, peut-être pour faire comme si elle ne l'écoutait pas, ou s'en fichait.

— Quoi ? Tu rigoles ! Tu lui as dit le fond de ta pensée ?

— Bien sûr. Mais on s'est réconciliés. Ou en tout cas, je ne lui en veux plus.

Il la caressa sous le menton, et elle leva les yeux, son visage plein de doute.

— Tu peux dire à Carrie qu'elle n'aura pas besoin d'apporter son stock de crottes de lapin la prochaine fois qu'elle viendra dîner *Chez David Dean.*

Il adressa un clin d'œil à Portia. Jerry sembla deviner qu'elle était présente, et avec un rire, il dit :

— Je suis content de l'apprendre. Ça veut dire qu'elle compte revenir ?

— J'essaye toujours de la convaincre, répondit David en glissant les doigts dans ses cheveux pour lui masser le crâne.

Il avait envie de revoir Portia, car il avait l'impression que leur relation méritait d'être approfondie, mais il ignorait si elle serait d'accord.

— Je t'appellerai demain depuis l'aéroport.

— Super. Tout le monde a hâte que tu reviennes.

— Je passerai sans doute demain soir, mais ne comptez pas dessus. Mon vol pourrait avoir du retard.

Il raccrocha pile lorsque Paul entra dans la pièce. Il lui avait envoyé un message pour lui donner rendez-vous dans la salle Arc-en-Ciel à onze heures, s'il était libre. Paul avait dans les mains une corde, sa spécialité.

— Debout, esclave, ordonna David.

Il prit Portia par le coude et l'aida à se lever. Il l'avait habillée d'un minuscule short en latex, son buste seulement couvert par le harnais. Il enleva sa laisse et ôta le harnais.

— Enlève ton short et tes bottes.

Les yeux interrogateurs de Portia le satisfaisaient. Il aimait bien la surprendre, la rendre un peu nerveuse, dans le doute quant à ses intentions. Et il savait qu'elle n'était pas vraiment exhibitionniste. Se tenir nue dans la salle Arc-en-Ciel la gênerait plus que cela ne l'exciterait.

— Ne m'oblige pas à te punir ce matin.

Elle se pencha en avant et ouvrit la fermeture éclair de ses bottes. Avec un soupir ravi, il la retint par le bras tandis qu'elle se déchaussait en sautillant. C'est seulement à ce moment-là qu'elle remarqua la présence de Paul derrière elle. Elle écarquilla les yeux et les regarda tour à tour.

— Kitty, je te présente Rigger. Il est expert en shibari. Il va t'attacher et te donner la fessée sous mes yeux.

Fidèle à elle-même, elle ne protesta pas, mais à son expression alarmée, il sut qu'il l'avait sortie de sa zone de confort. Elle ôta son short en latex moulant et resta debout, yeux baissés.

Paul était un dominateur réservé, et préférait gagner la dévotion de ses soumises grâce à ses murmures. David l'avait vu opérer lors de soirées, et il apportait une sorte de révérence méditative à ses scénarios. David lui confiait Portia sans crainte, même s'il n'avait pas l'intention de les laisser seuls ne serait-ce qu'une minute. En général, il n'aimait pas partager ses soumises, mais comme Portia avait mentionné que l'idée d'être avec deux hommes lui plaisait sur sa liste d'envies, il voulait lui offrir cette expérience. Il alla chercher une chaise et s'assit pour assister au spectacle.

Paul ne dit pas un mot à Kitty. Il se contenta de l'attacher avec minutie. Ils attiraient les spectateurs, et un petit groupe observait le savoir-faire de Paul.

Les tétons de Portia se dressèrent pendant que Paul les enfermait dans leur prison de corde. Il lui tournait autour, passant la corde entre ses cuisses pour la nouer sur son ventre plat.

Portia leva les yeux vers David, et ses cils épais papillonnèrent sous l'intensité de leurs regards plongés l'un dans l'autre. Ses iris dorés étaient brûlants, et une vague d'excitation pure submergea le membre de David.

— Agenouille-toi aux pieds de ton maître, lui ordonna Paul après avoir fini de l'attacher.

Elle obéit, assise sur ses talons.

— Lève les fesses, dit Paul en sortant deux martinets en daim. Suce-le.

David ne s'était pas attendu à être déjà prêt pour un deuxième round, mais voir son esclave aussi excitée le faisait bander. Portia déboutonna son pantalon pour libérer son érection, et Paul abattit les douces lanières du premier martinet sur ses fesses, qu'il avait stratégiquement laissées dépourvues de corde.

Portia sursauta, surprise, avant de pencher sagement la tête sur le sexe de David, comme si ce coup était la conséquence d'un manque d'entrain de sa part.

Paul plaça une chaise derrière elle pour s'y asseoir. Il brandit son martinet et l'abattit sur son autre fesse, avant de trouver son rythme, maniant les deux fouets dans un gracieux mouvement en huit.

Portia prit David jusqu'au fond de sa gorge, le faisant haleter grâce à sa chaleur moite. Elle se mit à aller et venir dans un rythme effréné, le même que celui des martinets.

— Vas-y plus doucement, lui dit-il. Habitue-toi aux coups de fouets et concentre-toi sur ma queue.

Elle prit une grande inspiration par le nez et sembla se détendre, prenant le temps de caresser son gland avec sa langue avant de le prendre profondément une nouvelle fois.

Des murmures s'élevaient tout autour d'elle, les spectateurs soucieux d'observer la scène sans faire de bruit.

David oublia brièvement son plaisir lorsqu'il songea qu'il préférerait fouetter Portia, mais en voyant la passion sur le visage de cette dernière, il se reprit. Elle avait les joues rouges et une expression d'abandon total. Il la repoussa et se leva, positionnant son sexe à hauteur de sa bouche. Il la saisit par les cheveux pour l'immobiliser et se mit à aller et venir entre ses lèvres.

Elle poussa un cri d'excitation étouffé et referma les doigts sur ses cuisses, les ongles plantés dans sa chair.

Paul cessa de manier les deux martinets et lui donna un grand coup avec l'un d'entre eux.

Elle hurla, les yeux baignés de larmes pendant que David continuait de lui baiser la bouche. Paul répéta son geste sans concession, et David saisit la tête de Portia à deux mains, et la fit avancer et reculer en rythme avec chacun de ses coups de reins.

— Oh la vache, gronda-t-il.

Paul infligea encore plusieurs coups de fouets à Portia pendant que David jouissait, éjaculant dans sa bouche. Quand elle eut avalé, les mouvements de Paul perdirent en intensité pour revenir aux coups rapides et légers des deux martinets.

David la serra contre elle, sa joue collée à son torse, et lui caressa les cheveux. Il croisa le regard de son ami et lui adressa un signe de tête. Paul mit fin à ses coups.

— Embrasse les martinets de Rigger pour le remercier, ordonna-t-il.

Portia rampa jusqu'à Paul et pressa les lèvres sur les lanières et sur le dos de l'une de ses mains.

Paul sourit.

— C'est un animal de compagnie bien sage, hein ?

— Le meilleur qui soit, répondit David.

Il tira sur l'un des nœuds de la corde pour la mettre debout. Il imagina Portia recroiser Paul à l'une des soirées BDSM de Chicago et cela éveilla en lui une bouffée de possessivité féroce.

Pourtant, il n'avait aucun droit sur elle. Selon le règlement du Château, il ne devrait même pas connaître son vrai nom.

David l'emmena déjeuner au buffet. Sa nudité aurait dû la gêner, mais la corde lui donnait l'impression d'être vêtue. Paul l'avait autorisée à la garder, et elle devait bien admettre qu'elle aimait se sentir attachée, sentir la corde rêche sur sa peau. Cela lui donnait encore plus l'impression d'être une esclave.

David la nourrit de nouveau à ses pieds, un acte qui était vite devenu l'un de ses moments préférés. Elle s'imagina dîner dans les restaurants chics de Chicago, agenouillée devant David pour savourer les meilleures spécialités sous son regard attentif.

Mais c'était idiot. Elle ne reverrait pas David Marone à Chicago. Elle ne savait rien de lui, à part que c'était un dominateur très doué. À l'idée d'être séparée de lui le lendemain matin, une sensation de panique l'envahit. Elle n'était pas prête. Tous ses fantasmes avaient été réalisés, mais ça ne lui suffisait pas. Elle voulait tirer tout ce qu'elle pourrait de cette expérience.

Elle lui lécha la main.

— Tu peux parler, esclave.

Son rôle de dominateur était dénué de froideur, désormais. Elle ne voyait plus qu'une indulgence amusée.

— Maître, est-ce qu'on pourrait... Est-ce que vous seriez prêt à envisager...

Elle hésita. Elle se sentait idiote.

Il lui caressa l'oreille.

— Quoi, esclave ?

— Vous n'avez sans doute pas envie de retourner en cuisine, vu que ce sont vos congés ?

Il sourit.

— Tu veux retourner derrière les fourneaux ?

Elle hocha la tête. Elle le souhaitait de tout son cœur. Après seulement quelques heures la veille, cuisiner était devenu sa nouvelle obsession. Son amour pour la discipline, qu'elle avait enfoui profondément en elle, s'était de nouveau épanoui. Elle voulait que David lui apprenne des choses pendant qu'elle en avait l'occasion.

— D'accord, petit animal, dit-il en lui tendant la clé de sa chambre. Monte, trouve-toi un nouveau costume, et assure-toi de porter des chaussures appropriées. Je vais parler à Connie pour voir si elle veut bien nous laisser l'usage de sa cuisine une deuxième fois. Retrouve-moi à la *Table du Maître*.

Elle bondit sur ses pieds comme une petite fille enthousiaste.

— Mer...

Elle se tut et lui embrassa plutôt la main.

Il rit.

Elle se rua vers la Garde-Robe, où Melony, l'employée gothique du premier soir, l'aida à se débarrasser de la corde et à enfiler un autre minishort en latex ainsi qu'un haut en filet de pêche, le genre qui dévoilait tout, mais offrait un semblant d'intimité. Elle plaça un gros collier autour de son cou, et elles trouvèrent une paire de bottes montantes sans talons. Elle alla poser ses anciens vêtements et sa laisse dans la chambre, avant de courir jusqu'à la *Table du Maître*.

Il n'y avait aucune trace de David dans le restaurant plongé dans la pénombre, alors elle poussa la porte qui menait à la cuisine et alla chercher une toque et un tablier sur une étagère.

— Viens là, esclave, lui dit David, qui était en train de parler à Aiden, adossé au plan de travail. Connie a accepté, mais seulement parce que plusieurs des propriétaires du Château ont dîné ici ce soir et ont adoré ton plat.

Elle rougit, ravie.

Il l'attira contre lui et l'embrassa.

Seigneur. Il n'était pas facile de résister à cet homme. *Ne tombe pas amoureuse*, s'ordonna-t-elle avec férocité. Elle finirait forcément avec un cœur brisé. Sauf qu'elle savait déjà que la douleur serait inévitable. Elle la sentait déjà naître dans son ventre à l'idée que ses trois nuits se terminent. Comment pourrait-elle revenir à sa vie normale ?

David la prit par les épaules et la fit pivoter en direction de la chambre froide.

— Qu'est-ce qu'on prépare aujourd'hui ? s'enquit-il.

Elle se tourna vers lui et le pointa du doigt.

— Oh non, ma belle, dit-il en comprenant où elle venait

en venir. Ce n'est pas mon tour. C'est toi qui as voulu cuisiner. Tu vas préparer le dîner.

Un vestige de son angoisse paralysante de la veille fit son retour, mais elle la repoussa.

Il ne la laisserait pas échouer.

Elle passa en revue les caissettes, et finit par choisir des coquilles Saint-Jacques surgelées.

— D'où proviennent-elles ? questionna David en lui faisant signe de lui lancer le paquet.

Elle visa mal, mais il parvint tout de même à attraper le paquet, et il lut l'étiquette.

— Golfe du Mexique. Non.

Il ne donna pas d'explication à son refus inflexible, mais elle ne protesta pas. Elle lui faisait confiance. Il lui lança le paquet, qu'elle dut aller récupérer par terre avant de le ranger.

Elle trouva une caissette de viande de bœuf nourri à l'herbe. Avec un petit cri enthousiaste, elle la lui lança.

— Oui, dit-il. Bon choix. Comment veux-tu préparer la viande ? Tu peux parler.

— Ça serait trop répétitif, de la servir avec une autre sauce demi-glace ?

— Non. Quel genre ?

Elle réfléchit.

— Au romarin et au porto ?

Il esquissa un petit sourire.

— Ça m'a l'air parfait. Quel accompagnement ?

Elle se rendit dans la partie fruits et légumes et regarda autour d'elle.

— Il y a des asperges fraîches. Et on pourrait faire des pommes de terre au four. Tu sais, le classique steak-patates.

David plaça une caisse de pommes de terre sur celle de bœuf.

— C'est trop banal ? demanda-t-elle.

— Rien n'est trop banal. Tout est dans la préparation et la présentation, ma belle.

Elle sourit, le cœur battant en entendant ce petit nom. Elle regretta une nouvelle fois de ne pas travailler pour lui. Ou avec lui. Ou de ne pas être son animal de compagnie à plein temps.

Ils travaillèrent côte à côte, et David lui montra comment attendrir les steaks et supervisa la réalisation de sa sauce. Comme la ville, il débordait de joie derrière les fourneaux et s'activait avec aisance et efficacité, jonglant d'une main de maître entre plusieurs tâches tout en donnant des tapes joueuses sur les fesses de Portia dès qu'elle lui tournait le dos.

Les pommes de terre au four étaient parfaites, mais elle s'arracha les cheveux en tentant de déterminer l'assaisonnement idéal pour les asperges. Elle essaya un beurre citronné, une sauce à base de vin blanc et tenta même de les associer à des tomates cerises en tranches. Rien ne fonctionnait. Elle commençait à paniquer lorsque David l'enlaça par-derrière, lui coinçant les bras le long des flancs tout en caressant ses fesses toujours endolories.

— Si j'étais toi, je respirerais un bon coup. Tu te diriges droit vers une autre fessée, et je ne suis pas sûr que ton petit cul soit en état de supporter une autre punition aujourd'hui.

Elle resta immobile, crispée dans ses bras.

Il se mit à la caresser plus bas, glissant la main entre ses fesses pour toucher son sexe.

— Parfois, il suffit d'un peu de beurre et de sel, lui chuchota-t-il à l'oreille. Comme pour les haricots verts d'hier soir. Ils étaient parfaits.

— Tu en es sûr ?

Il lui mordilla le lobe.

— Essaye, et vois ce que tu en penses.

Il avait raison, bien entendu. Elle prépara les asperges comme il l'avait suggéré, et elles étaient divinement bonnes, surtout que David les avait parfaitement cuites à la vapeur. Il leur prépara une assiette, les asperges empilées à côté des pommes de terre et du steak.

— Alors, Madame Sands ? Vous êtes satisfaite ?
— Et toi ? demanda-t-elle, envahie par l'incertitude.
— Oui, répondit-il simplement.

Elle se détendit, puis se hissa sur la pointe des pieds pour l'embrasser sur la joue.

— Merci.
— De quoi ?
— De m'avoir fait renouer avec la cuisine.
— Désormais, tu auras peut-être un peu plus de compassion pour les cuisiniers que tu démontes dans tes critiques, dit-il avec un clin d'œil.
— Sans doute.

Mais la perspective de retrouver son métier lui serrait l'estomac. La satisfaction qu'elle avait éprouvée en donnant son opinion s'était envolée. En fait, l'idée de juger les plats de qui que ce soit lui semblait détestable.

Seigneur... que lui était-il arrivé ici ? Elle ne savait même plus qui elle était.

CHAPITRE 8

David pointa le sol à ses pieds et claqua des doigts. Portia s'agenouilla à côté de sa chaise dans la salle Arc-en-Ciel. Ils venaient de passer une nuit merveilleuse ensemble. Il l'avait vêtue de son haut en filet de pêche, sans rien d'autre que sa petite queue de chien en bas, et ils avaient passé la soirée au donjon, à observer les autres couples et à jouer avec la cire des bougies. Ils avaient croisé Paul, et David lui avait ordonné de sucer son ami pendant qu'il la prenait par-derrière.

Mais ce matin-là, il y avait de la tension entre eux. Portia s'était remise à froncer les sourcils, et il n'était pas vraiment d'humeur à jouer, même si cela aurait pu les détendre tous les deux.

La fin du séjour planait comme un nuage noir au-dessus de leur tête.

Il sortit son téléphone et appela son agence de voyages.

— Oui, je voudrais que vous ajoutiez une passagère à mon vol d'aujourd'hui.

— Aujourd'hui ? demanda l'agent d'une voix étranglée. Je vais regarder les disponibilités.

Il entendit un cliquètement de clés et patienta.

— Bon, il y a bien un billet disponible, mais vous ne serez pas assis côte à côte.

— Ce n'est pas grave.

— Cela coûtera 1249 dollars.

— Réservez-le.

Il avait déjà dépensé huit mille dollars pour ces trois jours, alors il n'était pas à ça près.

— Quel est le nom de la passagère ?

— Portia Sands.

Cette dernière leva la tête d'un air curieux.

— Date de naissance ?

— Quelle est ta date de naissance ?

Elle ouvrit, puis ferma la bouche.

Il fronça les sourcils.

Elle s'éclaircit la gorge et lui répondit.

— Je le facture sur votre carte habituelle ? demanda l'agent de voyage.

— Oui, merci.

— Très bien, tout est prêt. Je vous communique votre numéro de réservation ?

— Envoyez-le-moi par texto, répondit-il avant de raccrocher.

Portia le regardait d'un air interrogateur.

Il lui caressa la joue.

— Tu rentres avec moi.

Le cœur battant, il attendit de voir sa réaction.

Elle avait les sourcils froncés, mais semblait plus déroutée qu'en désaccord.

— Je suis ton maître, c'est mon boulot de veiller à ce que tu rentres en toute sécurité, dit-il, même s'ils savaient tous les deux que ce n'était pas la vraie raison.

Il prit une inspiration et tenta de lui dire la vérité :

— Écoute, Portia, on réside dans la même ville, et j'ai envie de te revoir. Je sais que je suis un connard arrogant, mais je ne suis pas salaud en permanence. J'ai aussi une facette plus tendre.

Elle lâcha un grognement amusé.

— Quoi ? Je t'autorise à parler.

— Rien.

— Pourquoi ça te fait rire ? Tu penses que ce n'est pas vrai ? Je sais que je ne me suis pas beaucoup dévoilé, mais ces trois nuits étaient un peu particulières. Notre relation l'était aussi. Si tu me laisses te voir à Chicago, ce serait différent. Je serais un vrai gentleman... du moins parfois, dit-il avec un sourire en coin.

— Je sais que tu n'es pas salaud tout le temps. Mais je ne suis pas sûre que ce soit une bonne idée de se revoir. Tu ne me connais même pas, après tout. Tu ignores qui je suis. J'ai à peine parlé, ces derniers jours. On a eu une conversation normale, tout au plus.

Il lui leva le menton et plongea son regard dans le sien.

— Tu as raison. On n'a pas discuté. Mais ça ne signifie pas que je ne te connais pas. Est-ce que j'ai commis la moindre erreur ?

Elle détourna les yeux, et il lui donna une petite tape sur la joue pour qu'elle le regarde à nouveau.

— Alors ?

— Non, admit-elle en chuchotant.

— Parfois, les mots empêchent les gens de se connaître. Parfois, les mots font barrage à l'intimité. Parfois, les mots font plus mal que des coups de fouet. Non ?

Il haussa un sourcil pour lui rappeler son article.

Elle baissa les yeux.

Il se pencha sur elle et lui mordilla l'oreille, lui suça le lobe, donna un coup de dents à son cartilage.

— Tu veux bien me laisser te revoir ? Je pense qu'on tient quelque chose, là, et j'aimerais l'approfondir. S'il te plaît.

— Je ne sais pas, répondit-elle, ébranlée. On ne devrait peut-être pas gâcher nos souvenirs de ce séjour...

— Quoi ? demanda-t-il, avec l'air de penser « Tu délires ou quoi ? »

— Je veux juste dire... Le Château est un lieu à part. Chez nous, eh bien, c'est différent. On va sans doute s'apercevoir qu'on se déteste, et nos souvenirs de ce Premier de l'an magique seront détruits.

— Je suis prêt à prendre le risque.

— Comment tu verrais les choses ?

Elle se leva sans demander la permission, preuve qu'elle abandonnait son rôle de soumise pendant qu'ils discutaient de la vraie vie.

— Je veux dire... je ne peux pas jouer les animaux de compagnie dès que tu claqueras des doigts, ajouta-t-elle en croisant les bras.

— Mais si, tu peux.

Elle souffla d'un air indigné.

— Revoilà ta bonne vieille arrogance.

Il haussa vaguement les épaules.

— Ce genre de scénarios, c'est négociable, mais je sais que ça ne dépasse pas tes limites. La seule chose qui t'a déplu, c'est la cage. Le reste t'excitait à mort.

Elle rougit, réalisant sans doute qu'elle s'était mise à négocier avant même d'avoir accepté de le revoir.

— David... je ne peux pas.

Il sentit son cœur tambouriner dans sa poitrine. Mais il n'avait pas l'intention de renoncer aussi facilement. Il l'assit sur ses genoux.

— Qu'est-ce qu'il y a ?

Il prit sa main gauche dans la sienne et examina son annulaire, qu'il frotta et plaça sous la lumière pour voir si elle avait une marque à cet endroit.

— Tu es toujours mariée ?

Elle lâcha un rire étranglé.

— Non. Je suis vraiment divorcée.

— Bon, alors où est le problème ? Tu as un mec ?

Elle marqua une hésitation un peu trop longue avant de prendre une inspiration tremblante et de répondre :

— Oui.

— Tu mens.

Elle leva les yeux au ciel et renversa la tête en arrière sur son épaule.

— Qu'est-ce qui t'empêche d'être avec moi ? Qu'est-ce qu'il faut que je fasse ? Je te demande juste une chance d'apprendre à te connaître. Un rendez-vous. C'est tout.

— Un homme comme toi... ça fait trop à gérer.

— Qu'est-ce que ça veut dire ? C'est moi qui gère tout, justement. C'est tout l'avantage. Admets-le : on va super bien ensemble.

Elle ravala des larmes et hocha la tête.

— Portia, si c'était possible, je t'achèterais à chaque Premier de l'an. À chaque week-end. Peut-être même pour la vie.

Il la mordilla dans le cou.

— Je te veux, Portia. Chez moi. Dans mon lit. Je veux te posséder comme pendant ces trois nuits. Qu'est-ce qu'il faut que je fasse ?

Elle se roula en boule sur ses genoux et l'enlaça, le visage blotti dans son cou. Il prit cela pour un signe de reddition et la souleva pour l'emmener dans sa chambre. Il l'allongea sur le lit et lui fit l'amour, par pour la dominer, mais pour lui exprimer sa passion et sa tendresse.

ÉPILOGUE

TROIS MOIS PLUS TARD

Portia pénétra dans la maison de David avec sa clé et suspendit son manteau. Comme toujours, il avait tout préparé. Une bouteille de Merlot cuvée 1994 trônait sur le plan de travail en granit noir qui séparait la cuisine du salon, avec un ouvre-bouteilles et deux verres. Un mot était posé à côté.

Chère esclave,

Ouvre le vin et laisse-le respirer, s'il te plaît. Je veux te trouver penchée sur le lit à m'attendre, toute nue, mais avec tes chaussures.

Ton Maître et Propriétaire

Elle ouvrit le vin avec des mains tremblantes, à cause du trac, mais aussi de sa sensibilité des derniers temps. Elle avait vu David presque tous les week-ends, depuis leur retour. Elle le retrouvait tard le samedi soir, après la fermeture de son restaurant, et ils passaient tout le dimanche ensemble, car c'était son seul jour de congé.

Elle avait été terrifiée à l'idée d'entamer une relation avec lui, quelle qu'elle soit, pour la même raison qu'à l'école de cuisine. Elle savait qu'il lui briserait le cœur. Et pourtant, comment résister ? Il lui donnait tout ce qu'elle avait toujours cherché chez un homme.

Mais ça ne suffisait pas. Un jour et une nuit par semaine la laissaient sur sa faim. Elle était jalouse de son restaurant, et se lassait de plus en plus de sa carrière. Elle n'avait pas osé lui demander de la laisser travailler dans sa cuisine pour de vrai, comme il l'avait évoqué au Château. Elle ne savait même pas si ce serait une bonne idée. Ils finiraient peut-être par se détester à nouveau.

Puis une nouvelle fracassante était tombée.

Elle ouvrit la bouteille de vin et se rua dans la chambre, car elle tenait à être prête lorsqu'il arriverait. Elle se déshabilla et remit ses chaussures avant de se pencher sur le lit, comme demandé.

L'attente commença. C'était devenu un aspect de sa soumission, le fait d'attendre son arrivée dans la position humiliante qu'il lui indiquait. Ce soir-là, ça ne la dérangeait pas, car elle avait besoin de temps pour réfléchir. Elle passa en revue toutes les réactions qu'il risquait d'avoir et tenta de deviner laquelle s'avérerait juste.

Le bruit de sa clé dans la serrure arriva bien trop tôt. Son estomac se serra. Elle l'entendit entrer, et elle l'imagina en train d'enlever son manteau et ses chaussures avant de monter les verres de vin.

— Bonsoir, esclave, dit-il d'un ton satisfait.

Elle entendit des mouvements ; le bruissement de vêtements que l'on enlève, l'ouverture de la porte de la salle de bains. L'eau de la douche. Elle aurait dû être reconnaissante qu'il veuille être propre pour elle, mais cette fois, l'attente était insupportable.

Il ne traîna pas. Elle lui jeta un regard discret lorsqu'il regagna la chambre, seulement vêtu d'un boxer. Il avait une ceinture pliée dans la main.

Le ventre de Portia frémit d'impatience.

— Tu as été bien sage cette semaine, esclave ?

Il lui caressa les fesses, avant d'abattre la paume sur l'une d'entre elles et de la masser.

— Mmm, murmura-t-elle.

Il frappa son autre fesse.

— J'ai pensé à ce moment toute la journée, dit-il en se glissant sur le matelas pour s'adosser à la tête de lit. Allonge-toi d'abord sur mes genoux.

Elle se redressa et alla se mettre en place. Il ne la fessait pas souvent dans cette position, et l'intimité qu'elle leur offrait l'excita. Il lui caressa les fesses, traçant des huit sur ses courbes. Lorsqu'il se mit à frapper, elle sursauta. Ces derniers temps, elle avait plus de mal à supporter la douleur ; à moins qu'elle y soit plus sensible, comme si tous ses nerfs étaient en alerte.

Il la fessa vite et fort, plus comme une punition que comme un jeu. Elle se mit à fantasmer sur la vie qu'elle aurait, s'ils étaient mariés et qu'il la punissait pour une bêtise bien réelle. Elle poussa un gémissement sonore tant cette idée l'émoustillait.

— Oui, tu aimes les fessées, hein ? dit-il en frappant plus fort.

Toutes ses fesses se mirent à la lancer alors que la brûlure s'installait avec un temps de retard.

Elle émit une plainte, car la douleur avait déjà atteint son premier palier.

À sa grande surprise, David s'interrompit et la massa.

— Tu as déjà trop mal, esclave ? Une fessée hebdomadaire, ce n'est peut-être pas suffisant pour que ton petit cul reste en condition. Je vais devoir exiger que tu me consacres deux nuits par semaine.

En entendant que lui aussi en voulait plus, Portia sentit son cœur s'emballer.

Il glissa les doigts entre ses cuisses.

— Portia, tu es trempée, commenta-t-il d'un ton approbateur en lui caressant le clitoris. Je suis trop distrait pour te fouetter.

Elle gémit et leva les fesses, prête à passer au plaisir.

Manifestement, David l'était aussi. Il ramassa le lubrifiant sur la table de chevet et lui donna plusieurs tapes sur le derrière. Elle soupira et se trémoussa sur ses genoux. Il lui écarta les fesses et l'enduisit d'un filet de lubrifiant froid, qui la fit frissonner d'impatience. Les doigts de David retournèrent sur son sexe, dans lequel ils plongèrent, de plus en plus profondément. Elle avait beau s'y être attendue, lorsque son pouce se colla à son anus, elle projeta le bassin en avant. Il fit le tour de son anneau de muscles contractés et le massa jusqu'à ce qu'elle se cambre contre sa main.

Il la pénétra, éveillant à la fois sa peur et son plaisir. Elle gémit quand il se mit à alterner les va-et-vient de son pouce entre ses fesses et de ses deux doigts dans son sexe, encore et encore, jusqu'à ce qu'elle se frotte à ses genoux, impuissante.

— Jouis pour moi, Portia, ordonna-t-il d'une voix rauque.

Elle lâcha prise, jambes serrées, pendant que ses parois vaginales se contractaient à chaque vague de plaisir. Il lui donna une nouvelle fessée, qui ne fut pas douloureuse, cette fois, grâce aux endorphines qui la submergeaient. Il la fit rouler sur le côté et fouilla dans le tiroir de la table de chevet. Cette fois, il en sortit des pinces à tétons.

Il lui grimpa dessus et colla sa bouche à son sein. Il donna un coup de langue à l'un de ses tétons et le mordit. Elle poussa un cri, car sa poitrine était très sensible. Il ouvrit la pince crocodile, et elle sursauta avant même qu'il la mette en place.

— Du calme, dit-il d'une voix douce. Ce n'est pas la première fois.

Il palpa son sein.

— C'est moi, ou tu as plus de poitrine qu'avant ?

— David, commença-t-elle, prenant son courage à deux mains.

Il marqua une pause, les sourcils haussés par la surprise de l'entendre parler sans autorisation.

— Tu te souviens de cette fois au Château, quand tu n'as pas mis de préservatif ?

Il se figea, les yeux braqués sur son visage.

— Est-ce que tu es... ?

Il déglutit.

Elle hocha la tête, le cœur dans tous ses états.

— Je veux le garder, déclara-t-il sans la moindre hésitation. Et toi ?

Il la dévisageait toujours, et les yeux de Portia s'emplirent de larmes.

— Oui, murmura-t-elle. J'ai toujours voulu un bébé. J'ai enchaîné les tentatives avec mon ex, mais ça ne s'est jamais réalisé.

— Parce que ton destin était d'être avec moi, dit-il avec une certitude totale et une expression sincère. Portia, est-ce que tu es inquiète ? Tu n'as pas à l'être. Je prendrai soin de toi. On va emménager ensemble. Tu ne seras pas obligée de travailler, si tu n'en as pas envie.

Des larmes roulèrent sur ses joues.

— Je serai ton animal domestique ?

Il essuya ses larmes.

— Plutôt mon esclave d'amour. Obligée de coucher avec moi sans arrêt pour me donner une progéniture.

Elle gloussa.

— Tu me donneras des fessées si la maison n'est pas impeccable ?

Il hocha la tête avec sérieux.

— Tous les soirs, lui promit-il.

Elle passa les bras autour de son cou.

— C'est vraiment ce que tu veux ?

— Je n'aurais pas couché avec toi sans préservatif si je ne comptais pas assumer mes responsabilités dans ce cas de figure.

Elle s'écarta, soudain glacée.

— Alors... tu assumes tes responsabilités, là ?

— Non, répondit-il aussitôt, comprenant où elle voulait en venir. Enfin si, mais non. Je veux être avec toi, Portia. Je l'ai su ce jour-là. Une part de moi souhaitait qu'il y ait un accident. Vois ça comme mon plan diabolique pour te garder à jamais. Portia, j'avais prévu de te convaincre d'emménager avec moi, ce soir.

— C'est vrai ?

— Oui. Ça, ça ne me suffit pas. Je veux te voir plus souvent. Je te veux tout entière. Je sais que ça peut sembler rapide, mais vois cette grossesse comme un signe. Tu es mienne.

— Je veux travailler en cuisine avec toi, dit-elle à brûle-pourpoint.

Il hésita, et elle retint son souffle, s'attendant à ce qu'il lui réponde que ce n'était pas une bonne idée.

— Quand est-ce que tu peux commencer ?

Elle lui adressa un sourire radieux.

— Tu acceptes ? Tu ne trouves pas que c'est une

mauvaise idée, surtout maintenant qu'on emménage ensemble ?

Il la regarda avec tendresse.

— Alors tu t'installes ici ?

— Oui. Tu n'as pas répondu à ma question.

— Tu penses que je ne te supporterai pas à haute dose ?

— Eh bien, ça pourrait créer des tensions.

Ses yeux devinrent brûlants.

— Les maîtres ne sont pas sous tension lorsque leur esclave est à leur disposition vingt-quatre heures sur vingt-quatre. Surtout quand l'esclave en question est aussi belle que toi.

Il prit ses seins dans ses mains et l'allongea sur le dos, et elle soupira avec satisfaction lorsqu'il se coucha sur elle.

— Je t'aime, murmura-t-elle.

C'était la vérité, même si prononcer ces mots à voix haute la terrifiait.

— Je t'aime, ma petite esclave domestique. Je t'ai aimée dès notre première nuit ensemble. Tu m'appartiendras toujours.

Elle se pendit à son cou.

— Et je crois que je t'ai toujours appartenu, susurra-t-elle. Je refusais d'accepter mon destin parce que j'avais trop peur d'obtenir ce que je voulais.

Il l'embrassa, s'emparant de sa bouche avec une agressivité et une tendresse conquérantes.

LIVRE GRATUIT DE RENEE ROSE

Abonnez-vous à la newsletter de Renee

Abonnez-vous à la newsletter de Renee pour recevoir livre gratuit, des scènes bonus gratuites et pour être averti·e de ses nouvelles parutions !

LIVRE GRATUIT DE RENEE ROSE

https://BookHip.com/QQAPBW

OUVRAGES DE RENEE ROSE PARUS EN FRANÇAIS

www.reneeroseromance.com/francaise/

Dompte-Moi
- *Son Maître Royal*
- *Oui, Docteur*
- *Son Maître Russe*
- *Son Maître Marine*
- *Soumise à leur Punition*
- Son Maître Pompier
- Son Maître Cuistot

La Bratva de Chicago
- *Prélude*
- *Le Directeur*
- *Le Stratège*
- *Possédée*
- *L'Homme de Main*
- *Le Soldat*
- *Le Hacker*
- *Le Bookmaker*

OUVRAGES DE RENEE ROSE PARUS EN FRANÇAIS

Le Nettoyeur
Le Coureur
Le Gardien

Les Nuits de Vegas
Roi de carreau
Atout cœur
Valet de pique
As de cœur
Joker Mortel
Dame de trèfle
Cartes sur Table
Bonne pioche

Série Made Men
Ne m'Aguiche Pas
Ne me Tente Pas
Ne m'Oblige Pas

Série Chicago Sin
Nid de Péché
Ancré dans le Péché

Alpha des montagnes
Le héros
Rebel
Le Guerrier

Lycée Wolf Ridge
Brute Alpha
Chevalier Alpha
Alpha par Alliance

OUVRAGES DE RENEE ROSE PARUS EN FRANÇAIS

Alpha Bad Boys
La Tentation de l'Alpha
Le Danger de l'Alpha
Le Trophée de l'Alpha
Le Défi de l'Alpha
L'Obsession de l'Alpha
L'Amour dans l'ascenseur (Histoire bonus de La Tentation de l'Alpha)
Le Désir de l'Alpha
La Guerre de l'Alpha
La Mission de l'Alpha
Le Fleau de l'Alpha
Le Secret de l'Alpha
La Proie de l'Alpha
Le Sang de l'Alpha
Le Soleil de l'Alpha
La Lune de l'Alpha
La Serment de l'Alpha
La Vengeance de l'Alpha

Le Ranch des Loups
Brut
Fauve
Féral
Sauvage
Féroce
Impitoyable

Deux Marques
Indomptée (libre)
Tentée
Désirée
Séduite

Maîtres Zandiens
Son Esclave Humaine
Sa Prisonnière Humaine
Le Dressage de Son Humaine
Sa Rebelle Humaine
Sa Vassale Humaine
Son Compagnon et Maître
Animal de Compagnie Zandien
Sa Possession Humaine

Les Épouses Zandiennes
La Nuit des Zandiens
Achetée par les Zandiens
Dominée par les Zandiens

À PROPOS DE RENEE ROSE

RENEE ROSE, AUTEURE DE BEST-SELLERS D'APRÈS USA TODAY, adore les héros alpha dominants qui ne mâchent pas leurs mots ! Elle a vendu plus d'un million d'exemplaires de romans d'amour torrides, plus ou moins coquins (surtout plus). Ses livres ont figuré dans les catégories « Happily Ever After » et « Popsugar » de USA Today. Nommée *Meilleur nouvel auteur érotique* par Eroticon USA en 2013, elle a aussi remporté le prix d'*Auteur favori de science-fiction et d'anthologie* de Spunky and Sassy, e celui de *Meilleur roman historique* de The Romance Reviews. Elle a figuré dix fois sur la liste des best-sellers de USA Today avec ses livres Bratva de Chicago, Wolf Ranch et Bad Boy Alpha et plusieurs anthologies.

Abonnez-vous à la newsletter de Renee pour recevoir des scènes bonus gratuites et pour être averti·e de ses nouvelles parutions!
https://www.subscribepage.com/reneerosefr

facebook.com/Auteur-Renee-Rose-100441258643202
x.com/reneeroseauthor
instagram.com/reneeroseromance

Manufactured by Amazon.ca
Acheson, AB

11836051R00098